Andrea Camilleri

Die Ermittlungen des Commissario Collura

Deutsche Erstausgabe

Andrea Camilleri

Die Ermittlungen des Commissario Collura

Deutsche Erstausgabe

Aus dem Italienischen
von Moshe Kahn

Verlag Klaus Wagenbach Berlin

Die italienische Originalausgabe erschien 2002 unter dem Titel »Le inchieste del Commissario Collura« bei Libreria dell'Orso in Pistoia.

Wagenbachs Taschenbuch 476
Deutsche Erstausgabe
1. Auflage 2003

Umschlaggestaltung: Birgit Thiel unter Verwendung eines Photos © Hulton Getty. Reihenkonzept: Rainer Groothuis.
Das Karnickel auf Seite 1 zeichnete Horst Rudolph. Gesetzt aus der Galliard von Greiner & Reichel, Köln. Gedruckt auf chlor- und säurefreiem Papier und gebunden von Druckerei Pustet, Regensburg.
Printed in Germany.
ISBN 3 8031 2476 X

Inhalt

Das Mysterium des falschen Sängers

Der Commissario di bordo, der Zahlmeister, hieß mit Vornamen Vincenzo (für seine Freunde »Cecè«) und mit Nachnamen Collura. Eigentlich war Cecè Collura bisher nie Zahlmeister gewesen, und noch eigentlicher hatte er noch nie einen Fuß auf ein Kreuzfahrtschiff gesetzt. Auch auf keinen Frachter, um ganz genau zu sein. Wenn man die etwa dreißig Überfahrten auf der Meerenge zwischen Messina und dem Festland nicht als »Seereisen« bezeichnen will, konnte er als Passagier ein paar Hin- und Rückreisen mit dem Fährschiff zwischen Neapel und Palermo zu seinen Gunsten verbuchen. Das war aber auch schon alles.

Er war kein Mann des Wassers, sondern des festen Bodens. Und wenn er wirklich verreisen mußte, nahm er immer den Zug. Allein schon der Anblick stillstehender Flugzeuge am Flughafen versetzte ihn in Angst. Vor einigen Monaten noch war er Commissario gewesen, allerdings bei der Polizei, bis er sich bei einer Schießerei mit Bankräubern einen sauberen Leberdurchschuß eingehandelt hatte. Nach dem Krankenhaus und der Genesungszeit hatte man ihm sechs Monate Ruhepause gewährt. Einer seiner Verwandten, der Anteile an der Reedereigruppe besaß, hatte die brillante Idee, ihm vorzuschlagen, einen Teil dieser Ruhezeit als Zahlmeister zu verwenden. Und weil er keiner Ehefrau Rede und Antwort stehen mußte und in diesem Augenblick auch keine Beziehung mit einer Frau hatte, hatte er sich einem Crash-Kurs unterzogen, um wenigstens eine gewisse Vorstellung von dem zu bekommen, was seine Aufgaben sein sollten, und heuerte an.

Allerdings hatte er darum gebeten, einen Stellvertreter mit langjähriger Erfahrung zur Seite gestellt zu bekommen, und dies wurde ihm auch gewährt. Wie er gleich feststellen konnte, verstand sich dieser Stellvertreter, ein vierzigjähriger Triestiner, auf seinen Beruf. Wenn er eine Lösung für das Problem eines Passagiers gefunden hatte, wandte er sich in aller Regel an Collura mit den Worten: »Sie sind doch einverstanden, Commissario, oder?« Und nachdem Cecè ihm fest in die Augen geblickt hatte, um festzustellen, ob auch nur ein Anflug von Ironie in ihnen zu erkennen war, senkte er den Kopf zum Zeichen seines Einverständnisses. Sehr rasch lernte er von dem Triestiner die beste Art des Umgangs mit den Passagieren. Als Commissario bei der Polizei konnte er sich hin und wieder einen brüsken, ausweichenden, distanzierten Ton erlauben, doch hier war ihm diese Bandbreite versagt, er stand völlig im Dienste derer, die die Schiffskarten bezahlt hatten. Sie hatten bezahlt und stellten Ansprüche. Innerhalb der ersten vierundzwanzig Stunden besänftigte sein Stellvertreter gekonnt schlechte Launen, hörte sich Beschwerden an und versprach umgehende Lösungen. Doch dann steckte die lange Reise auf spiegelglattem Meer alle an, jede Art von Auseinandersetzungen und Reibereien legte sich, und man machte neue Bekanntschaften.

Und genau so eine neue Bekanntschaft, Signora Agata Masseroni, verheiratete McGivern, war es, die Cecè in eine, gelinde gesagt, merkwürdige Lage brachte.

Das Ehepaar McGivern, das Ehepaar Donandoni und das Ehepaar Distefano hatten ihren Platz im luxuriösesten der drei Restaurants am Tisch des Commissario, der während des Essens die Gäste angenehm unterhalten sollte. Cecè machte zwar den Versuch, sich vertreten zu lassen, doch sein Stellvertreter wies ihn darauf hin, daß diese Aufgabe von Rechts wegen dem Commissario zufiel, weil ansonsten eine ganze Kreuzfahrttradition heillos auf den Kopf gestellt würde, wenn plötzlich an seiner Stelle nur sein Stellvertreter auftauche.

Mister McGivern, der ein paar Ölquellen in Texas besaß, ging Punkt neun Uhr schlafen, bald darauf folgte ihm das Ehepaar Donandoni (er war neunzig, sie achtzig), während das Ehepaar Distefano, beide um die fünfzig, leidenschaftlich gerne tanzte, weshalb sie eilig aßen, um anschließend zu verschwinden und sich ihrem liebsten Laster hinzugeben. So saßen sich Signora Agata Masseroni, die niemals Schlaf verspürte, und Cecè gegenüber. Am zweiten Abend fragte Signora Agata den Commissario: »Begleiten Sie mich? Ich möchte mir gerne Joe Bolton anhören.«

Und wer sollte das sein? Cecè überlegte angestrengt und erinnerte sich dann, daß Joe Bolton ein Sänger war, der die Passagiere unterhalten sollte.

An Bord gab es vier Sänger, zwei Magier, acht Animateure, dazu ein ganzes Heer von Orchestermusikern.

»Ist er gut?«

Signora Agata rollte ihre Augen zum Himmel.

»Göttlich. Heute morgen hat jeder nur von ihm geredet. Also, was ist, Commissario, begleiten Sie mich?«

Sie kamen an, als Joe Bolton sich vor einem nicht mehr ganz jungen Publikum produzierte. Das Durchschnittsalter dürfte um die fünfzig gewesen sein. Da konnte man verstehen, daß er Lieder aus den Sechzigern sang. Sang? Nachdem Cecè ihm eine gute halbe Stunde zugehört hatte, stellte er sich diese Frage. Von Stimme konnte bei Joe Bolton keine Rede mehr sein, soviel war sicher, und es war nicht einmal störend. Er tat so als ob, irgendwie verstand er es, alle zu überzeugen, daß er, wenn er nur wollte, jederzeit ein hohes C schmettern könnte, das einen Kristallkronleuchter zerspringen lassen würde. Doch das tue ich nicht, schien er zu sagen, aus Zurückhaltung und der Eleganz wegen. Und alle vertrauten ihm und klatschten frenetisch Beifall, vor allem die Frauen, mit Tränen in den Augen.

»Der ist doch ein Blender«, sagte sich Cecè schließlich, »wenn der sich nur ein bißchen Mühe gibt, ist der in der Lage, uns davon zu überzeugen, daß der Mond viereckig ist.«

Einige Stunden später, als er in seiner Kabine fast eingeschlafen war, kehrte der Sänger wieder in sein Gedächtnis zurück. Er stellte ihn sich vor: Bolton mußte um die sechzig sein, hatte sich gut gehalten, war nicht groß, wirkte distinguiert, seine Augen waren von intensivem Blau, er hatte dichtes rötliches Haar mit weißen Streifen und ein dünnes Oberlippenbärtchen.

Halt. Oberlippenbärtchen. Was hat Joe Bolton denn mit seinem Oberlippenbärtchen gemacht? Die an sich selbst gerichtete Frage beantwortete Cecè auch gleich selbst: »Was soll er schon damit getan haben? Zwischen einem Lied und dem nächsten hat er sich darübergestreichelt, so wie alle.«

Oh nein, sagte der andere Cecè, der sich mit ihm unterhielt, er hat es nicht gestreichelt, er hat es an die Oberlippe gedrückt. »Und was heißt das schon?«, fragte sich Cecè. »Er hat es sich eben so gestreichelt.« Also, Cecè, jetzt hör mir mal zu, antwortete ihm der andere Cecè. Wäre die Bewegung normal gewesen, hättest du sie gar nicht bemerkt. Los, nimm' deinen Mut zusammen und blick' der Wahrheit ins Gesicht: Dieser Mann hatte ein falsches Bärtchen, und es war schlecht angeklebt. Und willst du jetzt alles wissen, Cecè? Dein Schnüfflerblick hat dich nicht getäuscht: Er trug ein Toupet und Kontaktlinsen. Man braucht nur wenig, um ein Gesicht zu verändern.

Die Fragen, die Cecè sich in dieser Nacht noch stellte, waren zahlreich, doch eine hämmerte immer wieder in seinem Kopf: Warum läßt einer, der sein Gesicht verändern will, sich kein Bärtchen wachsen, sondern greift zu einem falschen? Die Antwort konnte nur lauten: Joe Bolton hatte keine Zeit, sich eines wachsen zu lassen, oder er konnte sich mit diesem veränderten Aussehen nicht blikken lassen, bevor er an Bord ging.

Kaum hatte er am nächsten Morgen seinen Fuß ins Büro gesetzt, fragte er den Triestiner:

»Joe Bolton ist ein Künstlername, oder? Wie heißt er in Wirklichkeit?«

Es war ihm so vorgekommen, aber sicher täuschte er sich da, daß sein Vize eine überraschte Bewegung machte. Der Triestiner schaltete den Computer ein, mit dem

Cecè nur wenig vertraut war. Das Bild des Sängers erschien auf dem Bildschirm, identisch mit Joe Bolton in Fleisch und Blut. Der Unterschied war nur, daß er Paolo Brambilla hieß, 1939 in Mailand geboren und von Beruf Sänger war. Dann folgte seine Anschrift. Cecè bemerkte, daß seine Kabinennummer nicht angegeben war.

»Wo schläft er?«

»Na ja, vermutlich in einer Viererkabine, zusammen mit den anderen Sängern.«

Irgend etwas stimmte da nicht. Vor allem stimmte in dieser Sache das Verhalten seines Vize nicht, halb ausweichend, halb verlegen.

Cecè beschloß, mit dem Triestiner nicht über seine Zweifel zu sprechen. Abends nach dem Abendessen war er es, der Signora Agata vorschlug, doch noch einmal den Sänger anzuhören. Er tat sich Boltons gesamtes Repertoire bis nach Mitternacht an, als Signora Masseroni, verheiratete McGivern, schon lange das erdölbefrachtete Ehebett aufgesucht hatte.

Er folgte Joe Bolton diskret zur Bar, wo der Sänger sich zwei schlafbringende Whiskys hinunterkippte, er folgte ihm auch, als er in den Flur mit den Kabinen der Extraluxusklasse einbog. Er sah, wie Bolton die Tür mit dem Schlüssel öffnete, die Kabine betrat und die Tür wieder schloß. Cecè war baff.

War es möglich, daß Bolton Geld genug hatte, um sich eine Kabine dieser Klasse zu leisten? Nein, es gab eine andere Erklärung: Bestimmt logierte dort eine reiche Dame, der der Sänger seine Gunst erwies. Am nächsten Tag früh morgens ging Collura ins Büro, sein Stellvertreter war noch nicht da; er fragte den diensthabenden Angestellten:

»Wer logiert in Kabine 10?«

Der Angestellte schaute im Computer nach.

»Niemand. Sie ist als unbewohnt gemeldet.«

Oh nein. Hier wurde offensichtlich versucht, ihm Schwachsinn zu erzählen. Und jetzt zeigte es sich, daß Joe Bolton auf Schutz und Komplizenschaft zählen konnte. In diesem Augenblick kam der Triestiner ins Büro.

»Ich muß mit Ihnen sprechen. Allein«, sagte Cecè harsch.

Sie gingen in das Hinterzimmer des Büros.

»Jetzt erzählen Sie mir mal alles über Joe Bolton. Und versuchen Sie ja nicht, mich auf den Arm zu nehmen, das haben Sie schon ausreichend getan.«

Sein Stellvertreter wurde rot.

»Entschuldigung, Commissario, Sie haben recht. Aber ich hatte genaue Anweisungen erhalten. Keiner konnte ahnen, daß Ihr polizeilicher Spürsinn Sie dazu bringen könnte, Verdacht zu schöpfen.«

»Verdacht worüber?«

»Sprechen Sie mit dem Kommandanten darüber, wenn Sie meinen, daß Sie das tun sollten.«

»Und ob ich das tue!« antwortete Cecè wütend und griff zum Hörer des Bordtelefons.

Kaum hörte der Kommandant den Namen Joe Bolton, sagte er Cecè, er solle unverzüglich auf die Brücke kommen.

»Dieser Bolton, der in Wirklichkeit Brambilla heißt…«, hob Cecè blind vor Wut an.

»Brambilla zu heißen, ist kein Verbrechen, oder sehen Sie das anders?« sagte der Kommandant ruhig und nahm ihm damit den Wind aus den Segeln.

»Ein Verbrechen nicht gerade, aber, offen gestanden, ist er ein zweifelhafter Typ. Wissen Sie das? Er trägt eine Perücke, Kontaktlinsen und ein falsches Oberlippenbärtchen. Er hat sich maskiert, weil er nicht erkannt werden will, mit Sicherheit hat er etwas zu verbergen.«

»Stimmt. Sehen Sie, Commissario, ich könnte Ihnen sagen, daß alles in Ordnung ist, und daß ich die Verantwortung für diese Sache auf mich nehme. Immerhin wird Signor Bolton im nächsten Ort, wo wir anlegen, von Bord gehen. Doch will ich Ihrem Scharfblick Anerkennung zollen. Wissen Sie, wer sich hinter dem Namen Brambilla verbirgt?«

»Wieso, ist der etwa auch falsch?« fragte Cecè angewidert.

»Ja, ist er. Der wirkliche Name von Bolton-Brambilla ist …«

Er nannte den Namen. Und Cecè Collura wurde bleich.

»Ja, wie denn?« stammelte er, kaum daß er sich erholt hatte. »Ein Milliardär! Einer wie er! Einer, der Präsident gewesen ist, Präsident der …«

Der Kommandant hob einen Arm, um ihn zu unterbrechen.

»Wissen Sie, wie er angefangen hat? Er hat gesungen, so wie jetzt, auf Kreuzfahrtschiffen. Er wollte seine Jugend ein wenig wiederaufleben lassen. Wollen wir ihn dafür etwa verdammen?«

Cecè breitete seine Arme aus, grüßte und ging fort. Doch gleich draußen, vor der Kabine des Kommandanten, durchfuhr ihn ein Gedanke. Er war ein falscher Zahlmeister. Joe Bolton war ein falscher Sänger. Wie viele »Falsche« gab es wohl noch an Bord? Und war diese Kreuzfahrt nun wirklich oder virtuell?

Das Gespenst in der Kabine

Nach nicht ganz einer Woche auf See konnte Cecè Collura den freien Journalisten Davide Birolli nicht mehr ausstehen. Dieser hatte sich nämlich – wer weiß warum – schlimmer als ein Blutegel an ihn geklettet, so daß Collura zu einem bestimmten Augenblick sogar versucht war, alles stehen und liegen zu lassen und am nächsten Anlegepunkt abzuheuern.

Dieser Birolli, um die dreißig, mit wirrem Blick hinter kleinen Brillengläsern und Haaren, die ständig unter 350-Volt-Spannung standen, war von der Reederei des Kreuzfahrtschiffs beauftragt worden (bei freiem Aufenthalt und Verpflegung und einem ansehnlichen Scheck am Ende), eine ganze Artikelserie zugunsten des Gedankens zu verfassen, daß Verlustierungsreisen auf dem Meer das Höchste für das Wohlbefinden darstellten, was man sich gönnen könnte. Nur hatte die Reederei sich nicht eingehender darüber informiert, wie dieser Journalist selbst die Sache sah, der, kaum an Bord gegangen, überall herumposaunte, ein Mann und Denker der absolut unbestechlichen, unbekehrbaren Linken zu sein. Ausgesprochen kritisch eingestellt gegenüber dem Konzept von Kreuzfahrten, die er als »bewegungsloses Reisen« bezeichnete, manchmal sogar als »parasitäre Reise von Parasiten«, kam er ins Büro von Cecè Collura und blieb den ganzen lieben langen Tag bei ihm.

»Finden Sie nicht auch, Commissario, daß diese Kreuzfahrten abstoßend reaktionär sind?«

»Inwieweit?«

»Insoweit, als man doch bei jeder Kreuzfahrt schon lange vorher weiß, was passiert, das ist doch ein alter Hut, hundertmal durchgekaut, und alles paßt zu allem. Die Vorstellungskraft, die Phantasie wird durch eine Art kollektiven Verkindlichens ausgeschaltet. Ist doch immer der gleiche Papp.«

»Papp, den du nur durch Schmarotzen eilig hinunterschlingst«, dachte Cecè Collura, »ohne ihn dir verdient zu haben, denn noch hast du keine einzige Zeile geschrieben.«

»Das Harmlose, das Gefühl der Sicherheit sind reaktionär, weil sie keinen Zweifel hervorbringen.«

»Sie kennen doch die Titanic?« fragte ihn Collura, dem das alles nun wirklich über die Hutschnur ging.

»Ja. Und weiter?«

»Ist das Ihrer Meinung nach eine progressive Kreuzfahrt gewesen?«

Der andere wußte einen Augenblick lang nicht recht, wohin und woher, und Commissario Collura nahm dies zum Anlaß, ein Gespräch mit seinem Stellvertreter anzuknüpfen.

Eines Nachts weckte ihn das schrille Klingeln des Telefons auf.

Er machte Licht und sah auf die Uhr: vier Uhr morgens. Es war sein Vize.

»Commissario, können Sie ins Büro kommen? Wir haben einen Notfall.«

Sein Vize war kein Mann, der Geschwätz von sich gab, und das hieß, die Sache war ernst.

Im Büro war eine alte Dame in einem Morgenmantel von hervorragendem Geschmack. Sie war äußerst erregt.

»Erlauben Sie, Commissario?« sagte der Triestiner.

Sie gingen ins Hinterzimmer des Büros, zu dem die Passagiere keinen Zutritt hatten. Es war mit Satellitentelefonen, mit verschiedenen Computern und mit Internet ausgestattet.

»Die Dame behauptet, ein Gespenst gesehen zu haben.«

»Wo?«

»In ihrer Kabine. Sie schlief, dann ist sie aufgewacht und hat es gesehen. Es ist von ihrem Bett gehuscht.«

»Hatte sie getrunken?«

»Sieht nicht so aus. Sie sagt, sie trinke nicht.«

»Nimmt sie Drogen?«

»In ihrem Alter?!«

»Bester Freund, haben Sie noch nicht gemerkt, daß alte Menschen heutzutage alles tun, um ja nicht alt auszusehen? Aber kurz und gut, was will sie?«

»Sie will eine andere Kabine.«

»Na gut, dann quartieren wir sie eben woanders ein, und die Sache ist erledigt.«

»So einfach ist das nicht, Commissario. Die Dame war in Panik. Als sie weggelaufen ist, hat sie geschrien, sie ist den Flur auf und ab gelaufen, bis sie schließlich von einem Zimmermädchen festgehalten wurde. Andere Passagiere sind aufgewacht und auf den Flur gegangen... Auch der Journalist war dort, leider Gottes. Ich hatte wirklich Mühe, die Ruhe wieder herzustellen. Wir sollten uns etwas einfallen lassen, um die Leute wieder zu besänftigen. Anderenfalls werden morgen alle, die ihre Kabinen auf dem Flur 22c haben, ein anderes Logis verlangen.«

»Reden wir also mit dieser verrückten Alten. Aber vorher zeigen Sie mir noch einmal ihre Personalkarte.«

Es stellte sich heraus, daß Signora, genauer gesagt Signorina Candida Meneghetti eine siebenundsiebzigjährige Rentnerin war und in Bologna wohnte. Sie reiste allein.

»Signorina Meneghetti«, begann Commissario Collura und wußte weder, wie er dieses Gespräch anfangen, noch wie er es zu Ende bringen sollte, »fühlen Sie sich in Ordnung?«

»Ich habe mich ausgezeichnet gefühlt, bevor ich meinen Fuß auf dieses verflixte Schiff gesetzt habe. Der Schreck war so groß, daß ich fast gestorben wäre.«

»Könnten Sie mir das Dings beschreiben ... das Gespenst? Wie sah es aus?«

»Normal. Klassisch.«

»Könnten Sie das genauer erklären?«

»Na ja, stellen Sie sich ein Bettlaken vor, das von alleine aufrecht steht. In Höhe der Augen hatte es so etwas wie zwei phosphoreszierende Kügelchen. Oh, mein Gott, mir wird allein schon beim Gedanken daran schlecht!«

»Wo haben Sie es gesehen?«

»Es befand sich am Fußende. Es schwebte.«

»Hat es etwas gesagt?«

»Und ob! Es hat mir mit hohler Stimme gesagt: Candida, verlasse dieses Schiff, solange noch Zeit ist!«

»Kannten Sie es?« schaltete sich der Stellvertreter ein.

»Wieso sollte ich es gekannt haben?« fragte Signorina Meneghetti auffahrend.

»Na ja … ich weiß nicht … immerhin hat es Sie geduzt …«

»Was ist das denn für ein Gedanke! Alle Gespenster duzen einen!«

»Ah!« sagte Commissario Collura. »Sie haben also Erfahrung im Umgang mit Gespenstern. Haben Sie vorher schon einmal welche gesehen?«

»Noch nie. Allerdings habe ich das eine oder andere Buch zu diesem Thema gelesen. Aber wo Sie mich jetzt daran erinnern, Hamlets Vater …«

Cecè Collura beeilte sich, sie zu unterbrechen, jetzt fehlte nur noch Hamlet in dieser Weltengeschichte.

»Kommen Sie mit uns! Schauen wir uns mal Ihre Kabine an.«

»Nicht einmal im Traum! Ich habe Angst. Gehen Sie ruhig alleine, ich bleibe hier.«

»Haben Sie den Schlüssel?«

»Wie sollte ich denn in einem solchen Augenblick an den Schlüssel denken! Er ist unten.«

Als sie zum Flur 22c kamen, fanden sie Davide Birolli vor, der vor einer Gruppe leicht bekleideter Passagiere eine Rede schwang.

»Denkt darüber nach, was das Gespenst gesagt hat! Seine Worte kündigen Unheil an! Wir gehen Tagen und Nächten des Zweifels, der Ungewißheit, selbst der Angst entgegen. Ist das alles nicht wunderbar? Diese Reise, die mit beruhigender Vorausschaubarkeit, mit einem ruhigen Austausch von Empfindungen und Gedanken begonnen hat, wird in einer Atmosphäre gesunder, progressiver Erschütterung fortgesetzt. Wie wird wohl das Ende aussehen?«

»Sorgen Sie dafür, daß er verschwindet«, forderte Cecè seinen Vize auf.

Die Kabine von Signorina Candida war tadellos in Ordnung, abgesehen vom Bett. Das Gegenschlaglaken war zusammengeknüllt und befand sich am Fußende: Es war deutlich, daß Signorina Candida das Bettlaken instinktiv auf das Gespenst geschleudert hatte, was seinerseits ebenfalls ein Bettlaken war. Cecè mußte lachen. Die Geschichte war zu komisch, ihre Kehrseite war die Auswirkung, die sie auf die Gesellschaft an Bord hätte haben können. Wie ließen sich die Wogen glätten?

Während er darüber nachdachte, fiel ihm zweierlei auf. Das erste war, daß er das Licht eingeschaltet vorgefunden hatte. Also hatte Signorina Meneghetti im selben Augenblick, in dem sie das Gespenst gesehen hatte, den Lichtschalter betätigt. Und hatte sich das Gespenst da aufgelöst, oder war es noch sichtbar? Das zweite war, daß alles, was sich im Besitz von Signorina Meneghetti befand, brandneu war. Auf dem Boden zwei Paar kaum getragene Schuhe, auf einem Stuhl eine sündhaft teure Handtasche, die noch nach Lederfabrik roch. Er öffnete den Schrank: Von sechs Kleidern, die dort hingen, hatten vier ein Etikett. Fast die gesamte Unterwäsche war noch in ihrer Originalverpackung. Dort befanden sich auch zwei Vuitton-Koffer, und es war offenkundig, daß sie zum ersten Mal vollgepackt worden waren. Signorina Meneghetti mußte reich sein und sich diese kostbare Ausstattung eigens für die Kreuzfahrt zugelegt haben.

Er kehrte ins Büro zurück. Es war dicht gedrängt voller Passagiere, die alle eine neue Kabine haben wollten. Sein Vize, schweißgebadet und hochrot, hatte inzwischen sogar Mühe zu sprechen.

»Ich finde es unglaublich«, sagte jemand, »daß auf einem Schiff wie diesem, das mit allem ausgestattet ist, es ausgerechnet keinen Ghostbuster gibt oder doch wenigstens einen Exorzisten!«

Cecè rief seinen Triestiner Vize zur Seite. Er erfuhr, daß Signorina Candida sich im Hinterzimmer aufhielt, und was den freiberuflichen Journalisten betraf, so hatte er ihn durch den Kommandanten einbestellen lassen.

»Was haben Sie herausgefunden?« fragte Signorina Meneghetti ängstlich besorgt bei seinem Anblick.

»Was soll ich schon herausgefunden haben? Wer weiß, wo Ihr Gespenst sich zu dieser Uhrzeit hin verzogen hat. Gestatten Sie mir aber ein paar Fragen. Als Sie das Licht angemacht haben, blieb die Erscheinung da bei Ihnen?«

Candida Meneghetti wirkte einen Moment lang verwirrt.

»Habe ich das Licht eingeschaltet? Ich erinnere mich gar nicht. Wissen Sie, in diesem Augenblick … Wieso fragen Sie mich das?«

»Legen Sie sich normalerweise mit Ihrem Morgenmantel ins Bett?«

»Nein. Wieso? Mit dem Nachthemd.«

Allerdings war sie rot geworden. Und auf der Stelle war sich Cecè Collura sicher, daß diese Röte nicht auf jüngferliche Scheu zurückzuführen war. Er rief einen Stewart herbei und ließ Signorina Meneghetti in eine Kabine bringen, damit sie sich ein bißchen ausruhen konnte. Zwei Stunden lang blieb er im Hinterzimmer des Büros, telefonierte und erhielt Telefonanrufe. Am Ende räkelte er sich zufrieden. Er ging zu Signorina Candida, die auf dem Bett eingeschlummert war, und weckte sie sanft auf.

»Jetzt habe ich alles herausgefunden, Signorina. Sie leben von einer monatlichen Rente von einer Million dreihunderttausend Lire, Sie sind Schauspielerin gewesen und wohnen in einem Seniorenheim.«

»Ich weiß, worauf Sie hinaus wollen. Lassen Sie mich Ihnen das erklären: Ich habe eine Erbschaft gemacht und beschlossen, sie zu genießen.«

»Diese Antwort habe ich erwartet. Aber sehen Sie, Ihr Verhalten, als das Gespenst auftauchte, war so völlig unlogisch. Sie haben das Licht angemacht – na gut. Aber Sie haben den Morgenmantel übergezogen, und das macht nun überhaupt keinen Sinn. Vor einem Gespenst verblaßt alle Scham, Sie hätten im Nachthemd auf den Flur stürzen sollen. Aber Sie haben einen Fehler gemacht. Wer hat Sie bezahlt, um dieses Theater zu veranstalten? Wenn Sie gestehen, werde ich versuchen, daß kein Strafverfahren gegen Sie eingeleitet wird. Allerdings müssen Sie allen sagen, es wäre Ihnen nun klargeworden, daß Sie einen Alptraum hatten und absolut bereit seien, wieder Ihre Kabine zu beziehen.«

Signorina Candida Meneghetti gestand, daß sie sehr reichlich dafür bezahlt worden sei, dem Ruf der Reederei Schaden zuzufügen. Am nächsten Anlegepunkt mußte sie von Bord gehen. Mit ihr ging auch der freiberufliche Journalist Davide Birolli. Cecè Collura zog die Summe: Er war ein falscher Zahlmeister, Joe Bolton ein falscher Sänger, Signorina Meneghetti ein falscher Passagier. Und dann gab es da noch ein falsches Gespenst. Aber war diese Kreuzfahrt nun wirklich oder virtuell?

Die Liebesfalle in der ersten Klasse

Cecè Colluras Vize aus Triest hieß Scipio Premuda und war ein Mann von knapp über Vierzig, zurückhaltend, freundlich, immer mit dem richtigen Wort zur richtigen Zeit. Er war für seinen Beruf wie geschaffen: Trotz der Bitten und Forderungen der Passagiere, auch wenn sie noch so abstrus waren, verlor er nie die Ruhe. Doch eines schlimmen Morgens, angesichts einer Bitte, die ungewöhnlicher war als alle anderen, brach Premuda in heftiges Gelächter aus: »Ich rate Ihnen, sich ein eigenes Kreuzfahrtschiff bauen zu lassen, das ist viel bequemer.«

Dem Passagier blieb der Mund offen stehen. Wie übrigens auch Cecè Collura. Was war nur mit seinem Vize los? Die patzigen Antworten des Triestiners auf die Ersuchen der Passagiere dauerten bis nach dem Mittagessen, und dann trat Cecè dazwischen.

»Premuda, Sie sind müde. Ich vertrete Sie jetzt. Gehen Sie sich ausruhen.« Der Stellvertreter verließ das Büro, ohne ihm zu danken. Sobald Cecè eine Atempause hatte, rief er einen Neapolitaner der Kommissariatsmannschaft zu sich, der ein Freund des Triestiners war. Sie waren lange gemeinsam zur See gefahren.

»Hat Premuda irgend welche schlechten Nachrichten von zu Hause erhalten?« Der Triestiner lebte bei seiner Mutter, er hatte nie geheiratet, genau wie Cecè.

»Nein, Commissario, Signora Premuda geht es gut.«

»Aber was hat er denn dann? Er kam mir heute so unleidlich vor, so nervös.«

Der Neapolitaner feixte ein bißchen, sagte aber nichts.

»Nun halten Sie sich mal nicht zurück, vor allem nicht vor mir. Man sieht Ihnen doch ganz deutlich an, daß Sie darauf brennen, mir alles zu erzählen, was mit Signor Premuda los ist.«

»Haben Sie's denn noch nicht verstanden? Er hat sich verliebt.«

Cecè stand wie dumm da. Premuda hatte doch erst vor einigen Tagen noch einem Angestellten eine Gardinenpredigt gehalten, der einem weiblichen Passagier allzu tief in die Augen schaute! Er hatte ihm doch gesagt, daß ein solches Verhalten das Berufsethos zu Bruch gehen lasse!

»Ist das bei ihm schon einmal vorgekommen?«

»Noch nie. Und es sieht so aus, als sei die Sache ernst. Diese Nacht zum Beispiel habe ich sie beide auf Deck A gesehen, sie und ihn, in einer dunklen Ecke. Sie sprachen sehr intensiv miteinander und hielten sich an den Händen.«

»Wissen Sie, wer die junge Frau ist?«

»Das habe ich durch Zufall erfahren. Sie heißt Anna Zirelli und ist eine der beiden Töchter von …«

Cecè hörte ihm schon nicht mehr zu, er wußte sehr genau, wer die Kleine war, die einen Ehrenplatz am Tisch des Kommandanten hatte.

Als Tochter eines der bekanntesten Industriellen erschien sie oft auf den Illustrierten, allein oder gemeinsam mit ihrer Schwester Giulia.

Der bedauernswerte Premuda war wirklich arm dran: Er hatte sich richtiggehend verliebt, er war sich auch klar darüber, daß die Kleine nichts für einen stellvertretenden

Zahlmeister war. Ein Kreuzfahrtflirt ohne jede Bedeutung, das schon, möglicherweise, doch eine Geschichte, die dazu bestimmt war, gleichzeitig mit der Kreuzfahrt auch ihr Ende zu finden.

Am folgenden Vormittag war das erste, was Cecè tat, als er ins Büro kam, seinen Stellvertreter aufmerksam zu betrachten. Er hatte ein heiteres ausgeglichenes Gesicht, für jeden Passagier ein liebenswürdiges Lächeln, war freundlich wie stets. Vielleicht hatte es zwischen Anna und Scipio tags zuvor eine Auseinandersetzung gegeben, danach mußten sie sich wohl wieder vertragen haben.

Darüber war Cecè glücklich: erstens, weil er nicht in der Lage war, auf die Passagiere so einzugehen wie Premuda; zweitens, weil er den Triestiner ein ganz kleines bißchen liebgewonnen hatte.

Am dritten Tag nach Beginn der Affäre standen die Zeichen des persönlichen Barometers von Scipio Premuda neuerlich auf Sturm. Während der vergangenen Nacht hatte er wahrscheinlich kein Auge zugetan, und er hatte sich, was ein wirklich unglaubliches Vorkommnis war, schlecht rasiert. An normalen Tagen war sein Gesicht so glatt wie eine Billardkugel, und Cecè Collura, der an festem und dichtem Bartwuchs litt, beneidete ihn. Als der Vormittag halb vorüber war, konnte es sein Vize nicht mehr länger aushalten.

»Ich bitte um Verzeihung, Commissario, aber ich fühle mich nicht wohl.«

»Na, gehen Sie schon. Ach, lassen Sie sich mal vom Doktor ansehen.«

»Wird gemacht.«

Collura war sich aber sicher, daß Premuda sich nicht in der Krankenabteilung zeigen würde, seine Krankheit war mit Medikamenten nicht heilbar.

Er sah Premudas Freund aus Neapel an, und der erwiderte seinen Blick besorgt.

»Commissario, Sie müssen etwas tun. Der, ich meine Signor Premuda, wird noch verrückt.«

Tja, doch was tun? Am Abend, während des Essens, ließ Commissario Cecè Anna keine Sekunde aus seinem Blick, die sich, unablässig lächelnd, mit dem Kommandanten und den anderen Gästen am Tisch, alles wichtige Leute, unterhielt. Es war, als hätte die kleine Auseinandersetzung mit Scipio keine Spur bei ihr hinterlassen. Und just dieser Scipio erschien gegen Ende des Abendessens einen Augenblick lang an der Türe des Restaurants. Er sah aus, als wäre er wochenlang im Urwald herumgeirrt und gerade zurückgekehrt. Anna erblickte ihn, und gleich fingen ihre Augen noch mehr an zu glänzen und ihr Gespräch wurde noch angeregter. Sie fand auch den richtigen Augenblick, Scipio ein schnelles Lächeln hinüberzuschicken. Angesichts dieses Lächelns erstaunte der Triestiner natürlich, dann lächelte auch er und verschwand. Offensichtlich war er auf den Schwingen des Glücks fortgeeilt, um sich wiederherzurichten.

Am nächsten Vormittag war Scipio Premuda unendlich zufrieden, ja, er merkte nicht einmal, daß er vor sich hinträllerte, während er im Büro war. Dann war es Zeit, zum Mittagessen zu gehen, doch sie mußten noch ein bißchen länger bleiben.

Premuda und Cecè betraten das Restaurant, als alle anderen bereits beim Essen waren. Kaum hatte Anna Scipio erblickt, gefror ihr Lächeln auf den Lippen, sie warf dem Triestiner einen irritierten und empörten Blick zu, gab auch deutlich ihren Verdruß zu verstehen und machte eine Bewegung, als würde sie eine Fliege verjagen. Premuda wurde auf der Stelle blaß, er sah aus wie ein Toter, taumelte vor und zurück und hielt sich an einem Tisch fest, um nicht zu fallen.

Er sprach nur mit Mühe.

»Ich habe ... ich habe keinen Appetit. Entschuldigen Sie mich.«

Und er verließ das Restaurant. Er ging, als befände sich das Schiff auf stürmischer See. Diesmal tat Commissario Collura sein Vize wirklich leid. Was war das für ein grausames Spiel, das die Kleine da zu spielen beabsichtigte? Das Geld, denn sie war reich, und die Schönheit, denn sie war schön, berechtigten sie in keiner Weise zu so viel Bösartigkeit. Und von diesem Augenblick sah Collura sie an, nicht wie irgendein Mann irgendeine schöne Frau anblickt, sondern mit dem aufmerksamen Blick eines Bullen, der entdecken will, was sich tatsächlich hinter zwei blauen Augen verbirgt, die klar und unschuldig wirken, hinter einem Lächeln, das so aufrichtig zu sein scheint wie das eines eben geborenen Kindleins.

Er sah sie so intensiv an, daß die Kleine sich irgendwann beobachtet fühlte und ihn nun ihrerseits ansah. Cecè wandte seinen Blick nicht ab, Anna war es, die ihre Augen zuerst niederschlug. Nach dem Mittagessen ließ sich sein Vize nicht im Büro sehen. Der Neapolitaner berichtete ihm, daß Premura sich vom Arzt ein starkes

Schlafmittel hatte geben lassen. Er war dabei abzudriften, der arme Premuda aus Triest.

Beim Abendessen machte Cecè eine Beobachtung, die ihm merkwürdig vorkam: Hin und wieder warf Anna einen raschen Blick zur Tür, so, als würde sie darauf warten, daß jemand eintrat. Und der konnte niemand anderer sein als Premuda. Am Ende des Essens hatte sich die Laune der Kleinen verändert, auch sie wirkte nervös und unleidlich.

An diesem Abend zog Commissario Collura sich früh in seine Kabine zurück, um in Ruhe über die Sache nachzudenken, die ihm ziemlich sonderbar vorkam.

Irgendwann faßte er den Entschluß, sofort zu seinem Vize zu gehen und sehr offen mit ihm zu sprechen.

Premuda war gerade aus seinem langen künstlichen Schlaf erwacht, noch völlig benommen und schutzlos, und Cecè nutzte diese Situation rücksichtslos aus, um gleich ohne Umschweife zum Angriff überzugehen.

»Ich will jetzt alles wissen. Wenn es Ihnen die Sache erleichtert, können Sie das als Befehl betrachten.«

Und Scipio redete, vielleicht hatte er nur darauf gewartet, sich endlich einmal aussprechen zu können.

Mit Anna sei es wie ein Blitz aus heiterem Himmel gewesen, so etwas sei noch nie vorher in seinem Leben passiert. Und auch Anna habe gesagt, daß sie sich in ihn verliebt habe, nur daß ihr Verhalten oft völlig unverständlich und unzusammenhängend gewesen sei, an einem Abend sei sie unglaublich zärtlich und sanft, am folgenden Tag dann hart und zänkisch und würde nicht einmal mit ihm sprechen wollen. Und das alles ohne jeden ersichtlichen Grund. Dafür könne es nur eine Erklärung geben, sagte Colluras Vize völlig niedergeschlagen zum Schluß: Anna müsse an einer Krankheit leiden, die ein großes psychologisches Ungleichgewicht in ihr auslöse.

»Ich glaube durchaus nicht, daß es sich um eine Krankheit handelt«, sagte Commissario Cecè.

»Ach, nicht? Dann macht sie sich also ihren Spaß mit mir, will sich auf meine Kosten amüsieren!«

»Auch darum geht es nicht, zumindest glaube ich das fürs erste.«

»Und warum behandelt sie mich dann so? Sagen Sie's mir, um Gottes willen, wenn Sie's denn wissen.«

»Geben Sie mir vierundzwanzig Stunden Zeit«, sagte Cecè Collura. »Aber Sie müssen mir Ihr Ehrenwort geben, daß Sie sich während dieser ganzen Zeit in Ihrer Kabine einschließen und niemanden sehen. Ich werde herumerzählen, Sie wären krank.«

Vierundzwanzig Stunden bedeuteten ein Mittag- und ein Abendessen. Und Cecè Collura war äußerst pünktlich, sowohl beim Mittag- als auch beim Abendessen. Dann ging er zu dem Kellner, der am Tisch des Kommandanten servierte, der das gleiche beobachtet hatte, was auch die Aufmerksamkeit von Commissario Cecè erregt hatte.

Die Worte des Kellners bestätigten nur die Vorstellung, die er sich von der ganzen Angelegenheit gemacht hatte. Eine Vorstellung, die verrückt hätte scheinen können, doch die es, wenn man die Dinge im einzelnen erwog, durchaus nicht war.

Er machte einen kurzen Spaziergang zum Deck A und sah Anna Zirelli, alleine, die Ellbogen auf die Reling gestützt und aufs Meer schauend. Sehr traurig blickte sie hin und wieder um sich, doch sie sah nicht den Menschen, den sie so gerne in der Dunkelheit hätte auftauchen sehen. Cecè Collura erkannte, daß dies der richtige Augenblick war, um zum letzten Schlag auszuholen.

»Verzeihen Sie, Signorina Zirelli, wenn ich Sie störe. Ich bin …«

»… der Zahlmeister. Ich weiß schon, ich weiß alles über Sie, ich weiß, daß sie ein Polizist sind, der …«

»Scipio hat Ihnen von mir erzählt?« unterbrach Cecè sie.

»Ja. Und er hat mir gesagt, daß Sie ein hoch intelligenter und absolut gefährlicher Bulle sind.«

»Gefährlich für den, der etwas zu verbergen hat. So wie Sie. Also, wollen Sie mir erzählen, was meine Intuition mir schon sagt, oder soll ich Ihre Kabine durchsuchen lassen? Sie haben die Wahl.«

»Ach, was hoffen Sie denn so Wichtiges in meiner Kabine zu finden?«

»Ich hoffe nicht zu finden, sondern ich weiß mit Sicherheit, wen ich dort finden werde. Nämlich Ihre Schwester Giulia, Ihre Fast-Zwillingsschwester.«

Anna machte einen tiefen Seufzer, sie wirkte erleichtert.

»Wie haben Sie das herausgefunden?«

»Sie haben einen unterschiedlichen Geschmack, nicht nur, was die Männer betrifft. Giulia, zum Beispiel, reagiert allergisch auf Pfirsiche, während Sie sie mit Heißhunger verzehren. Einmal, als Giulia einen essen mußte, weil die Umstände es von ihr verlangten, hat sie gleich zum Bordarzt laufen müssen. Warum haben Sie beide diese Komödie aufgeführt? Doch wohl nicht, um zu sparen, denn an Geld mangelt es Ihnen ja nicht.«

»Wir haben eine Wette mit Freunden abgeschlossen. Wir waren uns sicher, daß uns keiner entdecken würde. Beim Mittag- und beim Abendessen wechselten wir uns ab, und es gab nicht einen, der auch nur den geringsten Unterschied zwischen uns beiden bemerkt hat. Dann habe ich mich in Scipio verliebt, ein Typ von Mann, den meine Schwester nicht ausstehen kann. Das ist schon alles. Eine blöde Wette, die wir schon längst nicht mehr aufrechterhalten wollten, weder ich noch Giulia. Und was beabsichtigen Sie jetzt zu tun? Werden Sie uns beim Kommandanten anzeigen?«

»Nicht einmal im Traum. Nur daß Ihrer beider Vorstellung hiermit beendet ist. Bis zum Schluß der Reise muß Ihre Schwester in der Kabine bleiben. Hausarrest. Nur Sie dürfen sich frei bewegen und Scipio treffen. Buonanotte.«

Ein falscher Commissario, ein falscher Sänger, ein falscher weiblicher Passagier, ein falsches Gespenst und jetzt zwei Frauen, die als eine auftreten wollten. War diese Kreuzfahrt nun wirklich oder virtuell?

Eine Frau, schön, jung, nackt, fast schon ermordet

Nicht einmal zwei Stunden nach dem Anlegen, als die üblichen Formalitäten erledigt waren, waren alle Passagiere an Land gegangen und auf die kleinen Märkte der arabischen Stadt geschwärmt. Abends würden sie zurück an Bord kommen, mit schmerzenden Füßen, mit dem unvermeidlichen Bauchweh, behängt mit Einkaufstaschen und Tüten zum Platzen voll mit ebenso bunten wie nutzlosen Mitbringseln.

Cecè Collura war der Überzeugung, daß an Bord auch nicht ein Teilnehmer der Kreuzfahrt zurückgeblieben war, nicht einmal, wenn man ihn mit Gold hätte aufwiegen wollen, auch ein Gutteil der Mannschaft und des Dienstpersonals würde auf Landurlaub sein (hieß das so? oder hieß es Landgang? Mit seemännischem Vokabular war er nicht sonderlich vertraut, immer noch verwechselte er Backbord und Steuerbord und umgekehrt).

Er hatte zwei Möglichkeiten: entweder sich auf dem Bett ausstrecken und einen fabelhaften Schlaf halten und auch das Mittagessen auslassen, oder sich zurechtmachen und ebenfalls an Land gehen.

Er entschloß sich für den Landgang und fing an, sich in Zivil zu kleiden.

Kaum hatte er die Hosen übergestreift, als es an der Türe klingelte.

Er öffnete.

Vor der Türe standen ein Matrose und eine alte Dame,

die am ganzen Leib zitterte und nicht in der Lage war zu sprechen.

»Was ist los?«

»Also, ich weiß nicht, Commissario, ich habe diese Dame hier getroffen, wie sie durch die Flure irrte, sie hat mir gar nichts sagen können, da habe ich gedacht, ich begleite sie hierher zu Ihnen. Ich hatte Glück, daß ich Sie noch an Bord gefunden habe.«

»Du hast Glück, ich dagegen nicht«, dachte Cecè, der an der Vorstellung, die Stadt zu besuchen, inzwischen Gefallen gefunden hatte.

»Du hättest sie ins Büro begleiten können.«

»Habe ich, Commissario, aber da war niemand.«

»Ist die Katze aus dem Haus, tanzen die Mäuse auf dem Dach«, dachte Cecè und ergab sich in das Notwendige: addio, schöner Landgang, addio, ihr kleinen Märkte.

»Treten Sie doch bitte ein, Signora.«

Zu wem redete er denn, zu den Wänden? Die alte Dame war wie gelähmt, ihre Augen waren weit aufgerissen, ihr Atem ging schwer, eine Hand krallte sich am Türrahmen fest, die andere zupfte krampfartig an ihrem Rock herum. Es war nicht zu übersehen, daß sie unter Schock stand.

»Hilf mir, sie hereinzubringen, dann lauf und hol jemanden her, einen Arzt, einen Krankenpfleger.«

Der Matrose hatte Mühe, jeden einzelnen Finger der Hand der alten Dame vom Türrahmen zu lösen, und weil sie sich nicht bewegen konnte, hoben sie sie hoch und brachten sie herein. Sie mußten die Dame zwingen, sich in den Sessel zu setzen.

Der Matrose eilte aus der Kabine, und Cecè blieb mit der Frau allein. Sie war steif und stumm und wirkte wie das Schaufelblatt einer Stechfeige.

»Signora, hören Sie mich?«

Nichts. Nicht einmal ein Wimpernschlag. Was zum Teufel war nur mit ihr passiert, daß sie sich in diesem Zustand befand? Dann kam der Arzt. Ihm genügte ein einziger rascher Blick.

»Sie steht unter Schock. Sie ist nicht in der Lage, sich zu bewegen. Ich lasse jetzt eine Tragbahre kommen, bringe sie auf die Krankenstation, und dann informiere ich Sie.«

Cecè ging ins Büro. Dort fand er jemanden vom Dienstpersonal vor.

»Wo bist du eben gewesen?«

»Ich war hier, Commissario, ich habe mich nicht von hier wegbewegt.«

Cecè zog es vor, keinen Streit anzufangen und ging darüber hinweg.

»Ist es möglich, im Computer schnell die Personalkarten mit Foto aller Teilnehmer der Kreuzfahrt abzurufen?«

»Aber das sind doch über tausend, Commissario!«

»Dann wappne dich mit viel Geduld, und mach dich an die Arbeit.«

In gewisser Weise hatten sie Glück, denn nach einer Dreiviertelstunde rief Cecè Collura: »Halt!«

Das war sie, daran bestand kein Zweifel. Firmiani, Tosca, aus Florenz, 70 Jahre alt, ledig. Dann folgten die Anschrift und noch weitere Daten. Sie logierte in Kabine 27 auf dem Flur 23b. Cecè eilte zum Flur 23b, der verlassen wie eine Wüste dalag. Die Tür der Kabine 27 war selbstverständlich abgeschlossen. Er fing an zu fluchen, woher sollte er denn jetzt ein Zimmermädchen bekommen? Doch dann erinnerte er sich, daß er sich ein paar Tage zuvor einen Generalschlüssel hatte geben lassen, für alle Fälle.

Er eilte in seine Kabine, fand den Generalschlüssel und stand außer Atem wieder vor der 27. Er öffnete und trat ein. Nichts Ungewöhnliches, alles in Ordnung, das Bett war gemacht. Er schloß wieder ab und ging zurück ins Büro.

»Commissario, der Doktor hat für Sie angerufen.«

Er lief zur Krankenstation, setzte sich auf einen Stuhl neben dem Bett, auf dem Signora Firmiani lag.

»Ich bin der Zahlmeister, können Sie mir sagen …«

»Ich habe eine ermordete Frau gesehen«, sagte Signora Firmiani mit betonter Deutlichkeit. Und, um das Maß voll zu machen, fügte sie hinzu: »Mit diesen Augen habe ich sie gesehen. Sie war tot. Ein Messerstich ins Herz.«

»Und woher wissen Sie, daß es ein Messerstich ins Herz war?« fragte Cecè und hoffte inständig, daß diese alte Dame völlig von Sinnen wäre. Denn wenn sie wirklich die Wahrheit sagte, hätte die Kreuzfahrt ihr Ende gefunden. Nicht auszudenken. Ein Desaster.

Er hakte nach: »Und wo wollen Sie die Ermordete gesehen haben?«

»Ich *will* sie nicht gesehen haben, ich *habe* sie gesehen. Und Schluß. Gestern abend habe ich zu meinen Tischnachbarn gesagt, daß ich heute nicht mit an Land gehen würde. Heute ist mein Tag der Meditation. Doch heute morgen, als ich aufgewacht bin, hatte ich starke Kopfschmerzen. Ich habe versucht, mich zu sammeln, aber es gelang mir nicht. Da habe ich mich entschlossen, ein paar Schritte an Deck zu machen. Als ich an der Kabine 31 vorbeikam, bemerkte ich, daß die Türe offen stand. Man sah das Bett und darauf eine junge nackte Frau. Ich bin hineingegangen, ich habe das Blut gesehen, das Messer war ins Herz gestoßen. Da habe ich gar nichts mehr verstanden und bin schreiend weggelaufen.«

Commissario Collura ließ sie gar nicht zu Ende reden, er war bereits draußen und lief davon.

Er kam an der Kabine von Signora Firmiani vorbei, der Nummer 27, an der Ecke, er ging um diese Ecke und blieb vor der Nummer 31 stehen, deren Tür abgeschlossen war. Wie konnte das sein? Signora Firmiani hatte doch gesagt, sie habe sie offen gesehen.

In seiner Tasche hatte er noch den Generalschlüssel, er öffnete und war baff. Die Kabine war vollkommen in Ordnung, von der Leiche der erstochenen Frau auch nicht ein Schatten. Der Gründlichkeit wegen schaute er auch ins Badezimmer. Nichts. Ob sich Signora Firmiani, entsetzt und durcheinander, vielleicht in der Kabinennummer geirrt hatte? Er öffnete, von zunehmender Eile gepackt, die Türen der Kabinen 29 und 33. Ordnung herrschte in Warschau. Er ging zur 31 zurück. Er klingelte, um das für diesen Bereich zuständige Zimmermädchen herbeizurufen, das, elegant gekleidet, auftauchte, nachdem Cecè Collura eine viertel Stunde lang mit immer größer werdendem Zorn nach ihr geklingelt hatte. Sie wirkte leicht verärgert.

»Ich wollte gerade an Land gehen, Signore.«

»Ich bin kein Signore, ich bin der Commissario hier an Bord.«

Das Verhalten des Zimmermädchens änderte sich augenblicklich.

»Entschuldigen Sie, ich wußte nicht ...«

»Haben Sie diese Kabine aufgeräumt?«

»Natürlich. Vor einer halben Stunde.«

Wie sollte er sie jetzt weiterfragen: »Haben Sie zufällig eine ermordete nackte Frau auf dem Bett liegen gesehen?« Er beschränkte sich darauf, sie zu fragen: »Haben Sie nichts Merkwürdiges beobachtet? Was weiß ich, befleckte Bettücher, ein bißchen Blut, Durcheinander ...«

Die Augen des Zimmermädchens wurden immer größer.

»Nichts, überhaupt nichts. Alles war wie an jedem Morgen. Signorina De Angelis ist eine äußerst ordnungsliebende Person. Und freundlich.«

»Wissen Sie, ob sie an Land gegangen ist?«

»Das kann ich nicht sagen, Commissario.«

Collura entließ sie, er war sicher, daß das Zimmermädchen nicht log.

Er mußte eine Weile über alles nachdenken.

Es konnte mit völliger Sicherheit ausgeschlossen werden, daß irgendwer Zeit und Gelegenheit gehabt hatte, die Leiche verschwinden zu lassen. Wohin hätte er sie auch bringen sollen? Etwa ins Meer werfen, am hellichten Tag, bei angelegtem Schiff? Selbst wenn jemand die Kabine schnell oberflächlich gesäubert hätte, wären in jedem Fall überall Blutspuren geblieben, und das Zimmermädchen hätte sie ganz sicher bemerkt; bei einem Messerstich ins Herz wäre das Blut nur so in Strömen gespritzt und hätte die Bettücher durchtränkt ... Ach ja, und wo hätten sie die blutbefleckten Bettücher hingetan? Und wo hätten sie sich frisch gewaschene Bettücher wie die, die jetzt auf dem Bett waren, besorgt? Er gebrauchte die Mehrzahl, weil ein Mensch allein nicht in der Lage gewesen wäre, alles zu tun, was es zu tun gab. Zumindest, wenn man nicht annehmen will, daß das Verbrechen von den Zimmermädchen begangen wurde ...

Das schloß er entschieden aus, das witterte er, das sagte ihm sein Instinkt als Bulle. Es gab nur zwei Lösungsmöglichkeiten, die beide ein Verbrechen ausschlossen: ein makabrer Streich auf Kosten von Signora Firmiani, oder die Dame war ein bißchen verwirrt und sah Dinge, die es nicht gab. Die zweite Möglichkeit war durchaus plausibel: Teilnehmer einer Kreuzfahrt müssen sich schließlich, bevor sie an Bord gehen, keiner medizinischen oder psychologischen Tauglichkeitsuntersuchung unterziehen.

Er ging zur Krankenstation zurück, und ohne sich von Signora Firmiani blicken zu lassen, rief er den Arzt zu sich.

»Hören Sie, könnte Signora Firmiani Ihrer Meinung nach an Wahnvorstellungen gelitten haben?«

»In welchem Sinn, verzeihen Sie?«

»In dem Sinn, daß sie geglaubt hat, eine Leiche zu sehen, die es in Wirklichkeit gar nicht gegeben hat.«

»Alles ist möglich, Commissario, aber ich glaube nicht, daß dies bei Signora Firmiani der Fall ist. Sie ist zwar schwer krank, das ja, doch die Behandlungen, denen sie sich unterziehen mußte, die Operationen ...«

»Wovon reden Sie, Dottore?«

»Signora Firmiani ist schwer herzkrank. Ihr sind drei Bypässe gelegt worden. Ich wundere mich, daß sie, bei einer derartigen Aufregung, nicht auf der Strecke geblieben ist.«

Von irgendwoher schrillte penetrant eine Klingel. Der Arzt blickte Commissario Collura fragend an, denn plötzlich hatte er bemerkt, daß dessen Blick und Gedanken andere Wege gingen.

»Was bedeutet dieses Klingeln?« fragte Cecè.

»Was für ein Klingeln?« fragte nun seinerseits der Arzt, der nichts hörte. Dieser Commissario war wirklich ein leicht sonderbarer Typ.

Cecè antwortete nichts, er hatte verstanden, daß die Klingel in seinem Kopf schrillte.

»Ich muß Signora Firmiani ein paar Fragen stellen.«

»In Ordnung, aber ermüden Sie sie nicht.«

»Haben Sie die Leiche gesehen? Wer hat die Frau umgebracht? Haben Sie das schon herausgefunden?«

»Keine Sorge, ich komme der Wahrheit schon auf die Spur«, antwortete Cecè diplomatisch. Und fuhr fort: »Sie kannten Signorina De Angelis?«

»Aber sicher kannte ich sie. Ich habe sie auf der Kreuzfahrt kennengelernt. Das arme Kind! Wir saßen mittags und abends am selben Tisch. Wer hätte gedacht, daß …«

Sie begann schwer zu atmen, so als würde sie keine Luft bekommen. Cecè bekam es mit der Angst zu tun, aus seinen Augenwinkeln schaute er, ob der Arzt in der Umgebung war. Das war er. Cecè fühlte sich beruhigt. Er stand auf und ging zu ihm.

»Signora Firmiano geht es wirklich schlecht. Könnten Sie sie wohl noch ein bißchen hier auf der Krankenstation behalten?«

»Ein bißchen? Sie sind vielleicht gut. Ich lasse sie hier nicht vor drei bis vier Tagen raus.«

Cecè ging ins Hinterzimmer des Büros, rief einen Freund an, der in der Quästur von Florenz arbeitete.

»Du mußt mir einen Gefallen tun. Ich muß alles über Signora Tosca Firmiani wissen, ich gebe dir drei Stunden Zeit, dann erwarte ich deinen Rückruf.«

Das Bild im Computer zeigte Emanuela De Angelis aus Mailand, fünfundzwanzig Jahre, nicht nur als wunderschöne junge Frau, sondern auch als die Quintessenz der Unschuld.

Nach den drei Stunden wurde er aus Florenz zurückgerufen. Er sprach lange am Telefon, ging zufrieden zum Essen, dann streckte er sich auf dem Bett aus und schlief bis Sonnenuntergang, als ein Angestellter ihn weckte und ihm mitteilte, daß die Passagiere wieder an Bord kämen. Eine der letzten, die heraufstieg, war Signorina De Angelis. Cecè ging lächelnd auf sie zu: »Erlauben Sie mir eine Frage? Seit wann sind Sie die Geliebte von Carlo Firmiani, dem arbeitsscheuen Sohn von Signora Tosca? Da haben Sie beide ja das perfekte Verbrechen ausgeheckt: Heute abend, wenn Signora Tosca Sie lebendig gesehen hätte, hätte sie das mit Sicherheit umgebracht. Und Carlo hätte ein Vermögen geerbt.«

Die junge Frau brach in Tränen aus.

Und der langen Liste von Personen, die nicht das waren, was sie zu sein schienen, fügte Cecè Collura eine falsche Tote hinzu. Aber war diese Kreuzfahrt nun wirklich oder virtuell?

Ein Stapel Frauen für den Ölmulti Bill

Seit längerem hatte Commissario Collura bemerkt, daß sich die Stimmung seiner Tischnachbarin Signora Agata Masseroni, die mit Mister Bill McGivern, dem texanischen Ölmulti, verheiratet war, verändert hatte. Sie war wortkarg geworden und lachte nicht mehr ihr ansteckendes, herzerwärmendes Lachen. Da Mister McGivern stets pünktlich um neun ins Bett ging, konnten Collura und Signora Agata nach dem Abendessen immer noch ein bißchen beisammensitzen und sich unterhalten.

Collura, der die Veränderung bemerkt hatte, schwankte zwischen dem Mut eines Löwen und dem eines Esels: Er hätte Signora Agata zu gerne gefragt, was diesen Stimmungswechsel herbeigeführt hatte, doch aus Diskretion konnte er sich nicht entschließen, ihr diese Frage zu stellen. Eines Abends faßte sich Signora Agata ein Herz und beschloß, sich Commissario Collura anzuvertrauen. Ohne Umschweife kam sie gleich auf den Punkt.

»Commissario Collura, ich glaube, mein Mann betrügt mich.«

»In Texas?«

»Nein, hier, auf dem Schiff.«

Cecè fiel aus allen Wolken, er starrte sie mit offenem Mund an und konnte kein Wort mehr hervorbringen.

»Warum sehen Sie mich so an? Kann ja vorkommen, verstehen Sie, nach dreißig Jahren Ehe. Und zudem ist Bill schließlich ein besonders stattlicher Mann.«

Diese letzten Worte ließen Cecè erneut aus allen Wolken fallen. Es stimmt zwar, daß Liebe blind macht, wie man zu sagen pflegt, aber wahr ist auch, daß man immer einen findet, der einem wieder einen ungetrübten Blick verschafft. Wie war es nur möglich, daß keine Menschenseele auf beiden Kontinenten Signora Agata jemals darauf aufmerksam gemacht hat, daß ihr Mann in der Mitte zwischen der Menschen- und der Pferderasse stand? Man mußte sich ja nur seine Zähne ansehen, die lang, gelb, hervorstehend waren, man mußte nur sehen, wie er seine Beine beim Gehen warf, wie er durch seine Nüstern schnaubte beim Atmen, wie er, statt zu lachen, wieherte. Allerdings konnte es auch sein, daß ein weibliches Wesen beim Gedanken an McGiverns Geldbörse zur Überzeugung gelangte, daß dieser Mann vielleicht kein Apoll war, doch nur wenig dazu fehlte.

»Ich bin immer noch sehr in ihn verliebt!« sagte Signora Agata, und feurige Röte stieg ihr vor lauter Verlegenheit ins Gesicht. »Wir haben geheiratet, als er nur zehn Dollar in der Tasche hatte. Er ist ein richtiger Selfmademan, er hat geschuftet und gerackert, ohne sich einen Tag Ruhe zu gönnen. Wir sind immer beieinander geblieben. Und jetzt …« Sie unterdrückte einen Schluchzer. Cecè Collura hatte Angst, sie könnte vor allen Leuten anfangen zu weinen.

»Gehen wir doch ein bißchen spazieren.«

Sie gingen hinaus auf die Brücke. Sie war voller Menschen. Der Abend lud dazu ein, draußen an der Luft zu sein. Sie spazierten eine viertel Stunde lang ganz still, dann sah Signora Agata auf die Uhr und sagte:

»Wir können gehen.«

Gehen? Wohin? Collura wollte lieber nicht fragen. Sie gingen wieder hinein, Cecè ging neben Signora Agata den Flur 1a zur Hälfte hinunter, dort, wo die Luxuskabinen sich befanden. Vor der Kabine 18 blieb sie stehen, kramte einen Schlüssel aus ihrer Handtasche hervor und öffnete.

»Kommen Sie, Commissario.«

»Aber vielleicht schläft Mister McGivern schon ...«

»Treten Sie bitte ein.«

Er folgte der Aufforderung. Drinnen war niemand, die beiden Betten waren unberührt. Signora Agata öffnete die Badezimmertür: leer. Und hier, in ihrer Kabine, brach Signora Agata endlich in schmerzvolles Weinen aus und sank aufs Bett. In äußerster Verlegenheit setzte Collura sich neben sie und klopfte ihr, als gehorche er irgendwelchen Regieanweisungen, sanft auf den Rücken.

»Sie müssen stark sein«, sagte er leise.

»So macht er es seit drei Abenden«, sagte Signora Agata, als sie sich die Augen trocknete.

»Wissen Sie, wann er zurückkommt?«

»Sicher weiß ich das. Ich tue ja immer so, als würde ich schlafen, aber ich kann natürlich kein Auge zumachen. Ich wälze mich im Bett hin und her, versenke meinen Kopf ins Kissen, damit die Nachbarn nur ja nicht hören, daß ich weine. Gestern nacht habe ich vier Whiskyfläschchen aus der Minibar in mich hinein gekippt ... fünf.«

»Ein Fläschchen mehr oder weniger macht keinen Unterschied«, sagte Commissario Collura verständnisvoll.

»Nein, Sie haben mißverstanden. Er kommt gegen fünf Uhr morgens wieder.«

Er hielt die Nacht lange durch, dieser Texaner, er mußte dazu eine beachtliche Widerstandskraft haben. Aber was wollte Agata Masseroni, verheiratete McGivern, eigentlich von ihm? Er brauchte es sich gar nicht erklären zu lassen.

»Ich möchte, daß Sie etwas tun.«

»Zu Ihrer Verfügung, Signora, auch wenn ich der Ansicht bin, daß diese Sache nicht in meinen Aufgabenbereich …«

»Ich bitte Sie als Freund darum.«

»Einverstanden, ja, aber ich sehe nicht, was ich tun könnte.«

»Finden Sie heraus, wer diese Frau ist, an alles andere denke ich dann. Versprechen Sie's mir?«

Und sie faßte ihn bei seinen Händen. Cecè befreite sich, als er spürte, daß er zu schwitzen begann, er fühlte sich, als müßte er ersticken.

»Nur eine einzige Frage, Signora: Ist Ihr Gatte nur nachts weg?«

»Immer nur nachts. Tagsüber weicht er keinen Schritt von meiner Seite. Und dann ist da noch etwas Sonderbares, Commissario. Sein Verhalten mir gegenüber hat sich nicht verändert, es ist nach wie vor das gleiche, er ist zärtlich, besorgt … verliebt.«

Wieder eine Gesichtsrötung beim letzten Wort, das schamvoll ausgesprochen worden war.

»Ich werde mein Möglichstes versuchen, Signora. Buonanotte.«

Fast stürmte er aus der Kabine, er ging an Deck und spazierte herum, um über die Angelegenheit genauer nachzudenken. Den Namen von McGiverns Geliebter in Erfahrung zu bringen, brauchte es so gut wie nichts. Sicher handelte es sich um eine, die allein reiste oder in Begleitung einer Freundin war, die sich von der Kabine fernhielt, wenn das Mannsbild sich nahte. Oder sie ging nicht fort, und der Texaner zog sich aus und legte sich zwischen die beiden, kenn' sich einer aus mit diesen John-Wayne-Typen. Jedenfalls würde es genügen, im Computer nachzuforschen, dann bekäme er schon die richtige Antwort. Doch diese Lösung gefiel ihm nicht. Den Namen der Geliebten könnte er auch auf traditionelle Weise herausfinden. Doch hätte er ihn entdeckt, würde er ihn Signora Agata nicht mitteilen, denn die war fähig, der Rivalin entgegenzutreten, und dann würde hier die Hölle lossein.

Am nächsten Abend zeigte sich Cecè Collura zwar zur Zeit des Abendessens bei Tisch, aber er setzte sich nicht. Er entschuldigte sich bei den Gästen, daß er nicht wie sonst mit ihnen essen könne, sondern, wie er sagte, ein verwaltungstechnisches Problem habe, das er dringend lösen müsse. Statt dessen richtete er sich im Hinterzimmer des Büros ein und verschlang das kalte Abendessen, das er bestellt hatte. Dann, Punkt neun Uhr, öffnete er mit dem Generalschlüssel eine Dienstkammer auf dem Flur 1a, die sich genau vor der Kabine der McGiverns befand, und wartete brav und geduldig. Er hörte, daß der texanische Mister ankam, hineinging, abschloß. Nach nicht einmal zehn Minuten hörte er, wie ebendieser Mister herauskam, abschloß und davontrabte. Collura folgte ihm. Mister Texas ging um die Ecke und blieb vor der Kabine 6 stehen, er klingelte nicht, sondern klopfte leise mit den Fingerknöcheln, drei kurze Klopfzeichen, Pause, wieder drei kurze Klopfzeichen, Pause, und noch einmal drei Klopfzeichen. Die Tür wurde geöffnet, der Mister ging hinein, die Tür wurde wieder geschlossen. Ein abgesprochenes, genaues Zeichen. Was gilt die Wette, daß Signora Agata recht hatte? Er hatte Lust, ein großes Durcheinander zu veranstalten, indem er sich mit demselben System von Mister McGivern die Türe öffnen ließ, doch dann überlegte er es sich anders und ging wieder ins Büro zurück.

Er rief seinen Vize auf die Seite.

»Würden Sie bitte einmal kontrollieren, wer in der Kabine 6 auf Flur 1a logiert.«

»Das ist Rechtsanwalt Cicerchia«, antwortete der andere wie aus der Pistole geschossen.

Cecè Collura sah ihn sprachlos an. Wieso hatte sein Vize die Antwort sofort parat, ohne den Computer zu Rate ziehen zu müssen?

Premuda kam der Frage zuvor und erklärte alles, womit er den Gedanken aus dem Kopf Cecè Colluras vertrieb, der ihm eingekommen war, nämlich daß Mister McGivern einen etwas komplizierten Geschmack in Fragen Sex haben könnte.

»Er hat schon einmal eine Kreuzfahrt mit mir gemacht. Er ist mir bestens bekannt. In seiner Kabine organisiert er kleine Pokerrunden für Milliardäre. Er reist mit einem Koffer voll neuer Spielkarten, die er von den Unglücksraben, die sich an seinen Tisch setzen, gründlich kontrollieren läßt. Denn unweigerlich zieht er ihnen das Geld aus der Tasche. Er mag ja durchaus Rechtsanwalt sein, doch meiner Ansicht nach ist er vor allem ein überaus begabter Falschspieler.«

Collura war für Signora Agata zufrieden. Doch gleich darauf gewann der Bulle in ihm die Oberhand.

»Mir kommt es so vor, als wären Glücksspiele verboten.«

»Sind sie auch, Commissario. Aber wir, was können wir tun? Wir können doch nicht in die Kabine stürzen, soviel ist sicher. Andererseits gab es auch letztes Mal, soweit ich weiß, keine Anzeige, keinen Protest gegen Cicerchia. Uns sind die Hände gebunden.«

Am Ende des Abendessens am folgenden Abend, als McGivern aufstand und verschwand, teilte Collura Signora Agata die Neuigkeit mit.

Augenblicklich brach McGiverns Gattin in schallendes Gelächter aus. Die alte Stimmung hatte sich wieder bei ihr eingestellt.

»Aber wissen Sie, vielleicht wird Ihr Gatte am Ende dieser Kreuzfahrt um eine ganze Menge Geld erleichtert worden sein.«

»Das ist nicht wichtig, wichtig ist nur, daß er keine Geliebte hat. Es fehlt ihm nicht an Milliarden, er besitzt ja sogar die Bank, wo er sie anlegt.«

Im Geiste verneigte Collura sich vor dieser weiblichen Logik. Doch die Sache mit dem Falschspiel, das ungestört weiterging, konnte er nicht hinunterschlucken. Er mußte sich etwas einfallen lassen. Von Premuda ließ er sich alle nur möglichen Details geben.

»Soweit ich weiß, Commissario, hat Cicerchia auch die Fiches bei sich, die am Ende eingetauscht werden. Ich glaube, es gibt da kein oberes Limit für die Reprisen. An den ersten drei Abenden verliert und gewinnt Cicerchia, er verliert sogar beträchtlich. Dann, vom vierten Abend an, fängt er an zu gewinnen. Nicht nur, daß er alle Verluste zurückgewinnt, sondern er rupft die anderen gründlich. Man erzählt sich über ihn, daß er während des Spiels nie auf die Toilette geht, er schafft es sogar, einen ganzen Tag lang am Tisch sitzen zu bleiben.«

»Rufen sie manchmal den Kellner, um sich etwas zu trinken bringen zu lassen oder, was weiß ich, ein belegtes Brötchen ...?«

»Nie. Cicerchia läßt sich jeden Morgen die Minibar bis zum Überquellen auffüllen.«

Cicerchia hatte sich gut gewappnet. Cecè verlor darüber ein paar Stunden Schlaf. Dann, am Morgen, gelangte er zu der Überzeugung, daß er das Problem falsch angepackt hatte. Es ging nicht darum herauszufinden, wie jener es anstellte, falsch zu spielen, sondern ihn in die Situation zu bringen, keine Mitspieler mehr zu finden. Er rechnete sich aus, daß Cicerchia seit mindestens einem Abend angefangen hatte zu gewinnen. Und er hatte eine furchtbar einfache Idee: Vormittags ging er zur Krankenstation, ließ sich ein bestimmtes Medikament geben, übergab es dem Kellner, der an Cicerchias Tisch servierte, und gab ihm genaue Anweisungen. Auch er hatte angefangen, ein Glücksspiel zu spielen, und zwar ein noch schlimmeres, als der selbsternannte Rechtsanwalt es spielte.

An diesem Abend ging er, in Erwartung dessen, was da kommen würde, nicht schlafen. Premuda, der von Colluras Falle für Cicerchia keine Ahnung hatte, wollte ihm

Gesellschaft leisten. Gegen zwei Uhr in der Nacht eilte ein Steward herbei und berichtete, daß ein wilder Streit in Kabine 6 auf Flur 1a ausgebrochen sei.

»Gehen Sie mal nachschauen, was da los ist«, sagte Collura träge.

Er wußte es aber bereits. Als Premuda nach einer Stunde wiederkam, erzählte er ihm die Szene, die Commissario Collura sich schon ausgemalt hatte.

»Cicerchia ist zur dritten Stufe übergegangen und hat unglaublich eingesackt. Doch anders als an den drei vorangegangenen Abenden, mußte er jede halbe Stunde unterbrechen und auf die Toilette gehen. Das hat bei den anderen Argwohn erregt. Sie fragten sich, wieso der Rechtsanwalt, gerade in dem Augenblick, in dem er gewann, auf die Toilette mußte. Was machte er da? Tauschte er die Karten? Sie forderten, den Ort genau untersuchen zu dürfen, Cicerchia hat sich dagegen gewehrt, dann flogen ein paar harte Ausdrücke, und eine Schlägerei begann. Ich mußte Cicerchia zur Krankenstation begleiten, doch inzwischen hat es sich herumgesprochen, daß er ein Falschspieler ist. Und jetzt sagen Sie mir, Commissario, waren Sie es, der das alles eingefädelt hat?«

»Ja«, gab Collura zu, »mit Unterstützung des Arztes, der mir ein ziemlich starkes harntreibendes Mittel gegeben hat.«

Ein richtiger Falschspieler, der mit einem falschen Indiz entdeckt wurde. Die Kreuzfahrt, sei sie nun wirklich oder virtuell, ging weiter.

Die Juwelen auf dem Meeresgrund

Der Kommandant des Schiffs war ein Mann von übertriebener Genauigkeit. Und das war nur gut, so rechtfertigte ihn Cecè Collura, wenn man bedenkt, daß er die Verantwortung für annähernd zweitausend Menschen trug.

Doch mitunter – auch das sagte sich Cecè Collura – trieb er diese Genauigkeit auf die Spitze. Einmal, als er im Restaurant einen Kellner bemerkte, dessen Handschuhe nicht schneeweiß waren, rief er ihn beiseite und hielt ihm eine derartige Standpauke, daß der arme Kerl fast ohnmächtig zu Boden gesunken wäre. Ein anderes Mal berief er alle Offiziere zum Rapport zu sich und teilte ihnen mit, daß am folgenden Tag das Verlassen des Schiffs geübt würde: Die gesamte Mannschaft und das Bordpersonal müßten mitarbeiten, damit die Übung ohne Zwischenfälle verlaufen und erfolgreich zu Ende gebracht werden könne.

»Welche Zwischenfälle könnten sich denn schon ereignen«, fragte Collura sich, »wenn die Passagiere wissen, daß es um etwas geht, das nur so aussieht als ob?«

Ihm fiel die Aufgabe zu, die Teilnehmer der Kreuzfahrt zu verständigen, doch er drückte sich gekonnt und beauftragte seinen Vize Premuda mit dieser Sache. Natürlich stellte sich eine gewisse Zahl der Passagiere in seinem Büro ein und legte ihm ihre Zweifel und Probleme dar:

»Müssen wir uns im Laufschritt bewegen oder ganz normal?«

»Können wir unsere Koffer mitnehmen?«

»Sie mögen es mir nachsehen, aber welche Notwendigkeit besteht eigentlich für diese Übung? Das Meer ist doch glatt wie ein Spiegel?«

»Ist es auch ganz sicher, daß es sich nur um eine vorgetäuschte Übung handelt, ich meine, daß es vielleicht doch eine echte Gefahr gibt, von der Sie uns bloß nichts sagen wollen?«

Als dieses Durcheinander vorüber war, standen Cecè die Haare vor Nervosität zu Berge. Am nächsten Vormittag um elf Uhr ertönte das vorgesehene Signal. Die Passagiere verhielten sich ganz genau so wie eine Schülerschar aus der Grundschule am Ende des Unterrichts: Sie schwärmten zu den Sammelpunkten, wobei sie Witze machten, lachten und sich schubsten. Dem Kommandanten sagte dieses Verhalten überhaupt nicht zu, und er rief die Offiziere zu sich.

»Ich betrachte diese Übung als ungültig. Sie ist von den Teilnehmern der Kreuzfahrt auf die leichte Schulter genommen worden. Und was noch schlimmer ist: Diese euphorische Stimmung, als wären wir hier auf einem Schulausflug, hat auch Sie angesteckt. Von der Brücke aus habe ich einige Herrschaften von Ihnen lachen gesehen. Wir versuchen es noch einmal. Sie, Commissario, teilen bitte den Passagieren mit, daß die nächste Übung ohne vorherige Ankündigung stattfinden wird. Ich kann sie also auch mitten in der Nacht anordnen.«

Cecè Colluras Inneres verfinsterte sich: Der Kommandant litt offensichtlich an einer Kleinkrämerattacke. Wie konnten denn die Offiziere den Teilnehmern an der Kreuzfahrt Ernsthaftigkeit abverlangen, wenn diese doch genau wußten, daß sie in keiner Gefahr schwebten? Und was noch besorgniserregender war: Kannte der Kommandant denn nicht die Geschichte von klein Mäxchen, der zum Spaß schrie »Der Wolf! Der Wolf!«, und als der Wolf dann wirklich ankam, glaubte es keiner? Cecè hielt sich nicht für abergläubisch, doch wenn man es genau nahm, wechselte er, wenn eine schwarze Katze seinen Weg kreuzte, die Straßenseite. Diesmal stellten sich mehr Passagiere in seinem Büro ein als beim letzten Mal.

»Ich schlafe nackt«, sagte eine Frau, »soll ich mich erst anziehen oder so wie ich bin zum Sammelpunkt kommen?«

»Hören Sie, Commissario, ich leide an Schlaflosigkeit, ich kann erst nach fünf Uhr morgens einschlafen. Würden Sie so freundlich sein und den Kommandanten bitten, den Alarm zwischen eins und drei in der Nacht auszulösen?«

»Wenn die letzte Übung in Wirklichkeit vorgetäuscht war, wer versichert mir dann, daß die nächste nicht in Wirklichkeit echt ist?«

Das Signal zum Verlassen des Schiffs ließ der Kommandant um fünf Uhr morgens ertönen und verriet damit, daß er leicht sadistische Neigungen hatte. Schlaftrunken erschienen die Passagiere, keiner hatte Lust zu lachen oder Witze zu machen, sie kamen im Trauerschritt zum Sammelpunkt. Es gab keine Zwischenfälle, und der Kommandant berief wieder die Offiziere zu sich.

»Das war nicht schlecht, ich kann einigermaßen zufrieden sein. Trotzdem ist eine letzte, umfassendere Übung notwendig. Die Teilnehmer der Kreuzfahrt sollen sich nicht darauf beschränken, zum Sammelpunkt zu kommen, sondern auch in die aufs Wasser gesetzten Rettungsboote steigen. Diese Übung wird bei Tag abgehalten, um fünfzehn Uhr. Sie, Commissario, informieren diesmal die Passagiere und erklären ihnen, was sie zu tun haben.«

Cecès Stimmung wurde düster wie eine Nacht im Monat Februar. Und es gelang ihm nicht, eine Stimme aus seinem Kopf zu schlagen, die wie eine gesprungene Schallplatte immer wiederholte: »Der Krug geht solange zum Brunnen, bis er bricht.« Doch er irrte sich, dieses Mal zerbrach der Krug noch nicht. Alles verlief wie am Schnürchen, der Kommandant war äußerst zufrieden, gratulierte den Offizieren, sagte, er würde sein Wort halten und keine Übungen zum Verlassen des Schiffs mehr durchführen. Doch wenn man restlos aufrichtig war, dann verlief die Übung nicht ganz wie am Schnürchen, denn die dreißigjährige Irene Martino, die strahlende Gattin des Cavaliere del Lavoro, des Ritters der Arbeit, Martino Martino, verlor ihre Reisetasche auf dem Meer, die sie mit auf das Rettungsboot genommen hatte. Und in der Tasche befand sich der gesamte Schmuck, den sie, sobald sich nur der geringste Vorwand bot, zur Schau trug, und der mit zweieinhalb Milliarden Liren versichert war. Als Signora Irene sich mit ihrem sechzigjährigen Gatten einfand, um diesen Zwischenfall zur Anzeige zu bringen, überkam Cecè Collura, als er den Wert der auf dem Meer verlorenen Juwelen vernahm, eine leichte Benommenheit. Die zauberhafte Frau lächelte:

»Nun machen Sie doch nicht so ein Gesicht, Commissario, die Versicherung zahlt mir das zurück. Und außerdem kauft mir mein Dickerchen doch wieder neue, stimmt's nicht, Dickerchen?« Dickerchen, der im richtigen

Leben den Namen Martino Cav. Martino (Wurstwaren) trug, senkte seinen Kopf zum Zeichen des Einverständnisses und blickte seine kleine Frau verliebt an. Jedesmal, wenn er sich neu verheiratete, nahm er eine Jüngere: Vielleicht wünschte er sich ja, mindestens achtzig zu werden, um eine Achtzehnjährige ins Brautgemach führen zu können.

»Verzeihen Sie mir die Frage, Signora. Aber warum haben Sie die Juwelen nicht in einem unserer Safes deponiert?«

»Das habe ich doch, Commissario. Aber sehen Sie, als die neue Übung angekündigt wurde, habe ich mich unglückseligerweise entschlossen, sie dort herauszunehmen und mit mir zu nehmen. Ich wollte sie nicht zurücklassen, meine armen kleinen Schmuckstücke, und sei es auch nur für kurze Zeit!«

Und sie brach in Tränen aus. Oder in Gelächter. Das war nicht ganz eindeutig festzustellen. Doch sie weinte wohl, da Cavaliere Martino Martino ihr liebevoll auf den Rücken klapste und ihr zuflüsterte:

»Komm, weine nicht, Liebste, dein Dickerchen kauft dir andere und viel schönere. Wenn du willst, rufe ich den Juwelier gleich an.«

Die wirklich bildschöne Frau sagte, daß es so eilig nun auch wieder nicht sei. Cecè Collura ließ sich alle Daten geben und rief die Versicherungsgesellschaft an, um ihr die willkommene Mitteilung zu machen, daß sie mit einiger Wahrscheinlichkeit zweieinhalb Milliarden herausrücken müßte. Noch am selben Abend rief die Gesellschaft zurück: Sie ließen ihn wissen, daß an der nächsten Anlegestelle einer ihrer Angestellten an Bord kommen werde, um den üblichen Papierkram zu erledigen, der einer Schadensbegleichung vorausgehe.

Cecè Collura spitzte die Ohren. Zunächst: der Anrufer wollte der Sache ein ganz normales Aussehen geben, so, als handele es sich um tägliche Routine; er wirkte irgendwie zu verständnisvoll und beruhigend. Dabei machen es einem die Versicherungsgesellschaften im allgemeinen doch überhaupt nicht leicht. Dann: wenn die ganze Angelegenheit keinerlei Problem darstellte, wieso beeilten sie sich dann so sehr, einen ihrer Angestellten an Bord zu bringen? Als geborener Schnüffler roch Collura hier den angekokelten Braten.

»Premuda, könnten Sie mir sagen, in welchem Rettungsboot Cavaliere Martino Martino und seine Frau Platz genommen hatten?«

»Nur einen Augenblick, Commissario«, sagte der Triestiner. Er ging ins Hinterzimmer des Büros und sah im Computer nach. Gleich darauf kam er wieder zurück.

»Rettungsboot 14. Die Matrosen auf diesem Boot waren Luigi Toi und Francesco Liguori. Soll ich sie herbestellen?«

Collura blickte seinen Vize voller Bewunderung an: Der begriff wirklich im Fluge.

Der Matrose Toi erklärte, daß er von der Sache mit der ins Meer gefallenen Tasche praktisch gar nichts mitbekommen habe, er hatte lediglich den Schrei von Signora Irene gehört: »Oh Gott, der ganze Schmuck!«

Wesentlich ergiebiger war dagegen die Aussage des

zweiten Matrosen. Die schöne Dame, sagte er, habe die Tasche auf ihren Knien gehalten …

»Und wo hast *du* hingeschaut?« fragte Collura hinterhältig.

»Auf Signora Irene«, räumte der Matrose Liguori ein. »Sie ist eine echte Schönheit. Plötzlich merkte Signora Irene, daß ihre Sportschuhe aufgeschnürt waren. Da hat sie sich gebückt und die Tasche zwischen sich und ihren Mann gestellt. Der hat sich zu seiner Frau gedreht und der Tasche mit dem Ellbogen einen Stoß versetzt, worauf sie ins Meer fiel. Ich habe mich hinausgebeugt und noch versucht, sie zu fassen zu kriegen, aber es war zu spät. Signora Irene hat zwar geschrien: »Oh Gott, der ganze Schmuck!« Aber mir ist es so vorgekommen, als fände sie es eigentlich nur ein wenig bedauerlich.«

»Erklär' mir das genauer.«

»Na ja, eine Frau, die gerade ihre gesamten Juwelen verliert, weint doch, ist verzweifelt … Das war bei ihr nicht so, in dem Sinn meine ich's.«

Der Matrose war ein aufgeweckter Junge. Er hatte die Fakten ganz genau erzählt und nicht den geringsten Argwohn aufkommen lassen, daß die ganze Sache von Gatte und Gattin inszeniert worden war, wie Collura dagegen immer stärker vermutete.

Er dachte lange darüber nach und entschloß sich dann, alles auf eine Karte zu setzen. Für die Durchsuchung der Kabine der Martinos hätte er den Kommandanten um Genehmigung bitten müssen, aber er war sich sicher, daß der, haarspalterisch wie er war, sie ihm auf Grund eines bloßen Verdachts niemals gegeben hätte.

Diskret informierte er sich bei dem Zimmermädchen über die Gewohnheiten des Ehepaares Martino, erfuhr, daß sie immer Punkt eins zum Mittagessen gingen und um drei zurückkamen. Das gab ihm zwei Stunden Zeit. Würde er es schaffen? Sicherheitshalber ging er beim Restaurant vorbei: Die Martinos saßen an ihrem Platz. Er stürzte zu ihrer Kabine, öffnete mit dem Generalschlüssel die Tür und schloß sie wieder hinter sich ab.

Die Durchsuchung, mit größter Sorgfalt vorgenommen, weil er keine Spuren seiner Anwesenheit zurücklassen durfte, dauerte nicht einmal eine Viertelstunde. Als er einen Schuhkarton im unteren Teil des Kleiderschranks öffnete, konnte er nur mit Mühe einen Triumphschrei zurückhalten: Die Juwelen, die er gut kannte, weil er sie an Signora Irene gesehen hatte, waren alle aufs Geratewohl hineingestopft worden. Wie war es möglich, daß sie sie nach dem ganzen Theater, das sie aufgeführt hatten, einfach so herumliegen ließen, sozusagen offen, jedem Zimmermädchen zugänglich?

Vielleicht, so versuchte er es sich zu erklären, hatten sie noch keine Zeit gehabt, ein sicheres Versteck zu finden. Cavaliere Martino und seine reizende Frau hatten sich das prima ausgedacht: die Juwelen behalten und sie sich von der Versicherung bezahlen lassen. Er ging hinaus, verschloß wieder die Tür und aß mit Vollgenuß.

Am folgenden Tag sollte das Schiff anlegen, und der Vertreter der Versicherungsgesellschaft fand sich im Büro des Zahlmeisters ein. Als er erfuhr, daß Cecè Collura ein echter Poizeikommissar und nur vorübergehend für den Seedienst sozusagen ausgeliehen war, änderte er auf der Stelle seine Art des Umgangs und des Sprechens.

»Haben Sie den Martinos mitgeteilt, daß ich kommen würde?« fragte der Mann von der Versicherung, der De Dominici hieß.

»Na, wie käme ich denn dazu?« sagte Cecè. Und fragte nun seinerseits: »Stimmt irgendetwas nicht?«

»Tatsache ist, daß Cavaliere Martino sich in den Fängen von Wucherern befindet. Reicht Ihnen das?«

Collura hatte sich versichert, daß die Martinos an Land gegangen waren.

»Kommen Sie mit.«

Er brachte De Dominici in die Kabine des Ehepaars Martino, zeigte ihm triumphierend die Juwelen im Schuhkarton.

De Dominici mußte in seinen Adern wohl Fischblut haben, er sagte weder Ah! noch Oh! und warf lediglich einen flüchtigen Blick auf die Juwelen.

»Das sind nur Kopien«, sagte er. »Cavaliere Martino hatte uns darüber in Kenntnis gesetzt.«

Collura erstarrte: Er hatte sich gigantisch getäuscht. Und faßte den Entschluß, sich mit dieser Angelegenheit nicht mehr länger zu befassen. Am selben Abend fuhr der Mann der Versicherung wieder ab, ließ aber durchblicken, daß die Versicherung zahlen würde.

Nachts, als er im Bett lag, erzählte Cecè Collura sich eine Geschichte. Da war ein sechzigjähriger Mann, der in seine junge Frau verliebt war. Der Verkauf der Juwelen, die sie besaß, würde ihm, belagert von Wucherern, ein bißchen Luft verschaffen. Doch er wagt es nicht, Irene davon zu erzählen, zumal seine kleine Frau keine Ahnung von seiner finanziellen Lage hat. An jenem Tag dann bietet sich auf dem Rettungsboot eine Lösung an: die Juwelen ins Wasser fallen lassen und die Schadenszahlung von der Versicherung kassieren. Was die neuen Juwelen anging, die er seiner reizenden Frau hätte kaufen müssen, würde man sehen. Cecè Collura nahm sich vor, diese Geschichte niemandem zu erzählen. Schließlich hatte sie ihm ja nur zum Einschlafen gedient. Und sie fügte sich vollkommen in die anderen Geschichten ein, die er erlebt hatte, weshalb er sich auch nicht mehr im Stande sah zu sagen, ob diese Kreuzfahrt nun wirklich oder virtuell war.

Was geschah mit der kleinen Irene?

Bevor er das Angebot angenommen hatte, sich für eine gewisse Zeit als Zahlmeister einzuschiffen, hatte Cecè Collura mit seinem Freund und Lehrer Salvo Montalbano darüber gesprochen. Montalbano hatte ihn lange angeschaut, ohne ein Wort zu sagen, sich dann aber dazu durchgerungen, seinen Mund aufzumachen.

»Cecè, bist du schon jemals über den Atlantik geflogen?«

Allein bei der Vorstellung traten Schweißtropfen auf Colluras Stirn.

»Nein, bis jetzt hat der Ewige mich davor bewahrt.«

»Siehst du, Cecè, wenn du das Flugzeug betrittst, empfangen dich Stewardessen, die sind adrett angezogen und sehen hübsch aus. In ihrer Uniform ist nicht eine Falte, kein Haar ist da, wo es nicht sein soll. Und kurz nach dem Abflug ziehen die Stewardessen ihre Uniform aus und tragen so etwas wie eine Kittelschürze. Weißt du, warum?«

»Nein, weiß ich nicht, und ich will es auch gar nicht wissen.«

»Aber du mußt es wissen. Sie wechseln die Kleidung, weil sie zu Dienerinnen werden, zu Mägden. Zu Diensten derer, die das Essen nicht mögen und lieber etwas anderes haben wollen, zu Diensten derer, die das Fliegen nicht vertragen und sich aufs Hemd kotzen, zu Diensten einer Mutter, die die Windel bei ihrem Kleinen wechseln muß, zu Diensten …«

Cecè Collura, der ganz weiß geworden war, unterbrach ihn.

»Und deiner Meinung nach muß ein Zahlmeister den Podex von einem Neugeborenen abwischen?«

»Das sage ich nicht, aber fast.«

Vielleicht, so dachte Cecè Collura nach einigen Tagen auf See, war Montalbano doch ein bißchen sehr pessimistisch, was übrigens völlig seinem Charakter entsprach. Sicher, Scherereien und Auseinandersetzungen gab es mit den Passagieren tagtäglich, doch manchmal ereignete sich dann auch etwas, das seine Begabung als Bulle herausforderte. Zum Beispiel, als die gerade einmal drei Monate alte Tochter von Signora Spoto sich in Luft auflöste.

Signora Laura Spoto war wohl über dreißig und vielleicht auch einmal eine attraktive Frau gewesen. Vielleicht, denn diejenige, die da mit roten und vom Weinen verquollenen Augen, mit zwei tiefen Falten um den Mund und einer ungesunden Hautfarbe vor Cecè Collura stand, war eine arme, bedauernswerte Frau. Sie erzählte ihm, daß sie, gleich nach dem Abendessen ihrem Töchterchen, das Irene hieß, zu essen geben wollte. So wie jeden Abend.

»Säugen Sie sie?«

Nein, das tat sie nicht, doch hatte sie alles Notwendige mitgebracht, und die Kabine war bestens ausgestattet. Unter Schluchzen erzählte sie weiter, daß sie sich gegen zweiundzwanzig Uhr, als die kleine Irene eingeschlafen war, entschlossen habe, ein bißchen Luft zu schnappen und kurz auf dem Deck spazierenzugehen, das ihrer Kabine, einer Doppelbett-Außenkabine, am nächsten liegt. Als sie nach noch nicht einmal einer halben Stunde wieder zurück war, hatte sie die Tür geöffnet und das Kind nicht mehr auf dem Bett vorgefunden, wo sie es zurückgelassen hatte. Sie dachte, es sei gefallen, obwohl sie es vorsichtshalber zwischen zwei Kissen gelegt hatte. Sie habe es dann mit immer größer werdender Verzweiflung gesucht.

»Sind Sie sicher, daß Sie die Kabine mit dem Schlüssel abgeschlossen haben?«

»Völlig sicher. Darauf passe ich immer auf.«

Und gleich nach diesen Worten bekam sie einen furchtbaren Weinkrampf, dem ein Zusammenbruch folgte. Premuda, der Triestiner Vize, rief die Krankenstation an und ließ einen Arzt kommen. Kaum hatte dieser sie angesehen, wollte er sie gleich auf die Krankenstation bringen lassen. Bevor Cecè Collura mit der Ermittlung begann, ging er zum Kommandanten, der, als er die Nachricht gehört hatte, kreidebleich wurde.

»Das ist das Schlimmste, was uns passieren kann! Ein drei Monate altes Mädchen stellt sich doch nicht auf seine eigenen Beine und spaziert einfach davon! Es ist klar, irgend jemand hat sie entführt. Diskretion, wenn ich bitten darf. Andernfalls wollen alle die Kreuzfahrt vorzeitig beenden.«

»Der Computer hat uns die Daten von Signora Spoto ausgespuckt. Sie hat einen Ehemann in Genua, der sich aber nicht eingeschifft hat. Was soll ich tun, Commandante, soll ich ihn über die augenblickliche Lage in Kenntnis setzen?«

»Um Himmels willen, nein! Das dürfen wir nicht einmal in Erwägung ziehen. Nicht nur würde es keinen Sinn machen, sondern man würde auch sämtliche Teufel der

Hölle entfesseln, die Zeitungen würden Wind davon bekommen und dann Gute Nacht, schöne Kreuzfahrt! Seien Sie umsichtig, Commissario, ich bitte Sie.«

»Ich habe verfügt, daß sich keiner der Kabine 38 von Signora Spoto nähern darf. Und ich habe das Zimmermädchen und den für diesen Korridor zuständigen Steward herbestellt«, sagte der Triestiner gleich, als er sah, daß Cecè Collura wieder zu Sinnen kam.

Und er sagte weiter: »Wollen Sie, daß wir uns die Kabine einmal anschauen?«

»Zuerst will ich mit den beiden sprechen. Und derweil lassen Sie mich wissen, wie es Signora Spoto geht, ob sie in der Lage ist, unsere Fragen zu beantworten.«

Die Befragung des Stewards und des Zimmermädchens ergab, daß das letztere gegen zweiundzwanzig Uhr Signora Spoto aus der Kabine hatte kommen sehen; sie hatte die Tür abgeschlossen und, bevor sie wegging, dem Zimmermädchen noch einmal das übliche ans Herz gelegt.

»Das übliche? Was ist das?«

»Wenn Sie das Kind schreien hören, dann rufen Sie mich sofort. Ich bin auf Deck B.«

»Und Sie haben es heute abend gehört?«

»Heute abend nicht, aber gestern schon. Ich habe Signora Spoto informiert, die dann auch gleich gekommen ist.«

»Und Ihnen ist nichts Verdächtiges aufgefallen?«

Das Zimmermädchen zögerte einen Augenblick, dann redete sie mit großer Entschiedenheit.

»Commissario, als die Frau das Kind nicht vorgefunden hatte, ist sie zu mir gekommen, völlig aufgelöst und durcheinander. Sie hat mich gefragt, ob jemand während ihrer Abwesenheit in ihre Kabine gegangen sei; ich habe das verneint, und das war die volle Wahrheit. Daher können nur zwei Menschen als Verdächtige in Frage kommen: ich und der Steward. Und wir beide schwören, daß wir die kleine Irene nicht entwendet haben.«

Das Gesicht des Zimmermädchens war nicht nur ehrlich, sondern auch intelligent. Premuda, sein Vize, kam zurück, man hatte Signora Spoto ein Beruhigungsmittel verabreicht, und jetzt schlief sie. Cecè Collura ließ sich von dem Zimmermädchen zur Kabine von Signora Spoto begleiten, und die junge Frau öffnete die Tür mit dem Generalschlüssel, denn Signora Spoto hatte ihren Kabinenschlüssel mitgenommen.

»Wer belegt Kabine 37?«

»Madame und Monsieur Duclos aus Frankreich, sie sind wohl frisch verheiratet.«

»Und die 39?«

»Die ist unbelegt, erst an der nächsten Anlegestelle werden die Passagiere dieser Kabine an Bord kommen.«

Die Unordnung in der Kabine deutete auf die verzweifelte Suche von Signora Spoto hin. Da war ein Kinderwagen und alles, was man für einen kleinen Wurm von drei Monaten brauchte, Fläschchen, Schnuller, Windeln. In der Minibar unter anderem zwei Dosen Milch, von denen eine geöffnet war.

»Wissen Sie, ob das Kind ganz gesund war?«

»So, wie es aussah, schon. Bis jetzt brauchte der Schiffskinderarzt nicht zu kommen. Aber gesehen haben wir die Kleine noch nie.«

»Was soll das heißen?« fragte Cecè überrascht.

»Wenn wir hereinkamen, um das Bett zu machen und die Kabine sauber zu machen, stand Signora Spoto immer schon mit dem Kind auf dem Arm da oder ging mit dem Kinderwagen über den Flur und wartete, bis wir fertig waren. Sie war sehr behütend mit dem Kind, keiner durfte es anfassen. Sie hielt es immer zugedeckt, sie sagte, es würde sich so leicht erkälten.«

»In Ordnung, Sie können sich jetzt wieder um Ihre Aufgaben kümmern. Und bitte zu niemandem ein Wort über das, was hier vorgeht.«

Als Cecè Collura allein war, fühlte er das Unbehagen, das er sofort gespürt hatte, als er die Kabine betrat, größer werden. Er schlug ein Fotoalbum auf, das auf dem Nachttisch lag. Die Fotos zeigten genau das gleiche kleine Mädchen, von den ersten Tagen an bis zu seinem jetzigen Alter von drei Monaten. Nur auf zweien oder dreien war auch die Mama zu sehen, der Vater dagegen trat nie in Erscheinung. Das letzte Foto dieses Albums stellte Signora Spoto dar, in einer Großaufnahme. Sie war darauf, wie Collura sie kurz zuvor im Büro gesehen hatte, zwei tiefe Furchen zu beiden Seiten des Munds, die Augen zwar nicht geschwollen vom Weinen, jedoch ausdruckslos. Wie anders als die junge Frau, die auf den anderen Fotos mit ihrem Kind so glücklich lächelte! Jemand klopfte vorsichtig an die Tür. Dort standen das Zimmermädchen und ein junges Ehepaar.

»Das sind Madame und Monsieur Duclos«, stellte das Zimmermädchen sie vor.

»Wir aben Geräusch geört«, sagte Monsieur Duclos in

einer wunderbaren Vermischung von Sprachen. »Isch und mein Frau aben gedacht, daß la petite …«

»Es geht ihr gut, der petite«, log Collura. »Oder genauer gesagt, sie hatte ein kleines Wehwehchen, wie Kinder es immer wieder haben. Sie ist auf der Krankenstation, mit ihrer Mama.«

»Das ist gut so«, sagte Madame Duclos. »Mon mari und isch aben die Kleine so gern. Manchmal aben wir sie weinen geört, die Wände sind so dunn.«

Sie gingen wieder weg. Collura setzte sich aufs Bett und nahm wieder das Fotoalbum in die Hand. Plötzlich durchfuhr ihn eine Idee, die ihm die Wirbelsäule erstarren ließ. Vom Telefon dieser Kabine rief er auf der Krankenstation an, Signora Spoto ruhte immer noch. »Hat sie ihre Handtasche bei sich? Bring' sie mir doch bitte gleich ins Büro.«

Er klingelte nach dem Zimmermädchen, und dieses eilte herbei.

»Bringen Sie die Kabine wieder in Ordnung. Und legen Sie auf das Bett zwei Kissen, Sie wissen doch, so, wie man's macht, damit die Kinder nicht herunterfallen können.«

Als er im Büro eintraf, stand die Handtasche von Signora Spoto bereits auf seinem Tisch. Er öffnete sie. Und drinnen fand er das, was er erwartet hatte. Doch statt Genugtuung zu empfinden, spürte er, wie ein wehmütiger Schmerz ihm ins Herz schnitt. Ein ganz kleines Aufnahmegerät, zwei Kassetten. Er legte die erste ein. Lediglich das Aufnahmegeräusch, keine Stimmen. Er stoppte, spulte zurück und ließ das Band schnell vorlaufen. Sobald er einen Ton hörte, stellte er es auf normale Geschwindigkeit ein. Und gleich erklang, schrill und deutlich, im Büro das Weinen des verschwundenen kleinen Mädchens.

»Haben Sie die Kleine gefunden?« fragte Premuda, der sofort hereinkam, ein glückliches Lächeln im Gesicht.

»Ja, sie ist hier drinnen«, sagte Collura und zeigte auf das Aufnahmegerät.

»Mein Gott! Wieso?« fragte der Vize und wurde kreidebleich.

»Rufen Sie für mich den Ehemann in Genua an, jetzt gleich.«

Sowie Signor Spoto erfuhr, daß seine Frau sich auf dem Schiff befand, brach er in Tränen aus. Seit Tagen suchte er sie überall, sie hatte sich seine Abwesenheit und eine kurze Unachtsamkeit der Krankenschwester, die sich um sie kümmerte, zunutze gemacht und war von zu Hause verschwunden.

Laura hatte das Kind vor fünf Jahren verloren, als es drei Monate alt war. Daraufhin hatte sie einen Nervenzusammenbruch und hat sich davon nie wieder erholt. Klinikaufenthalte, Behandlungen, alles vergebens, nichts hat gewirkt.

Sie hatte sich darauf versteift, daß das Kind nicht tot war, er, der Ehemann, war es, der das Kind von ihr fernhielt, und deshalb rannte sie gelegentlich von zu Hause weg und drückte eine Puppe an ihr Herz.

»Kommen Sie zur nächsten Anlegestelle und holen Sie sie ab«, sagte Commissario Collura. Und dann, zu Premuda, der völlig niedergeschmettert wirkte:

»Nehmen wir uns zusammen, kehren wir in die Kabine zurück.«

Nach einer Stunde des Suchens fanden sie die Puppe. Sie war in einem Hohlraum hinter dem Waschbecken. Vorsichtig, als handele es sich um ein wirkliches Baby, legte Collura sie aufs Bett zwischen die beiden Kissen.

»Und was machen wir jetzt?« fragte sein Vize.

»Ich gehe Signora Spoto besuchen. Warten Sie hier auf mich, ungefähr eine halbe Stunde. Dann schalten sie den Recorder ein und verschwinden. Vor dem Geschrei des Kindes gibt es ungefähr zwanzig Minuten, in denen es ganz still ist. Die werden genügen. Signora Spoto mag ja durchaus verrückt sein, aber bei einigen Dingen gebraucht sie eben doch ihren Kopf. Immer wenn sie die Kabine verließ, stellte sie den Recorder an, auf dem dann nach einer bestimmten Zeit das Schreien zu hören war. Daraufhin lief das Zimmermädchen auf das Deck und rief Signora Spoto. Und alles sah ganz wirklich aus.«

Signora Spoto war gerade aufgewacht; als sie den Commissario erblickte, sah sie ihn mit banger Sorge an. Cecè setzte ein triumphierendes Gesicht auf. »Ich habe eine wunderbare Nachricht für Sie, Signora! Wir haben Ihr Kind wiedergefunden!«

Signora Spoto sprang vom Bett herunter, ihre Augen funkelten vor Freude, sie zog ihre Schuhe an, Commissario Collura reichte ihr seinen Arm. Gerade, als sie in den Korridor mit der Kabine 38 einbogen, konnte man das Schreien des Kindes durchaus deutlich hören.

»Irene!« rief Signora Spoto und lief ihrer Illusion entgegen.

Cecè hatte nicht die Kraft, sich die Frage zu stellen, ob diese Kreuzfahrt nun wirklich oder virtuell war.

Das Verschwinden der untröstlichen Witwe

Was sind die Teilnehmer einer Kreuzfahrt eigentlich für Menschen? Denkt man in Ruhe darüber nach, kommt man darauf, daß sie wie die Bewohner eines kleinen Ortes sind, der vorübergehend und immer in Bewegung ist. Schon nach höchstens drei Tagen auf dem Meer kennt jeder jeden, kennt jeder von jedem Leben, Tod und Wundertaten, seine persönlichen Laster ebenso wie seine öffentlichen Tugenden. Und es beginnt das Zurechtschneidern von Ansichten, Haltungen, Meinungen, das man dort, wo Cecè Collura herkommt, »Durchhecheln« nennt.

Premudas Freund aus Neapel war zudem noch Spezialist in der hohen Kunst der Spitznamen: Der Commendatore Gaudenzio Pirolli, ein Glatzkopf, fett wie ein Schwein, ohne erkennbare Beine, die man wahrnehmen konnte, wurde auf der Stelle der »Rolling Stone«; die todlangweilige Signora Tarantino, die, wenn sie erst einmal zu erzählen begonnen hatte, kein Ende mehr fand, wurde die »Bremsfliege«. Und so weiter. Signora Gemma Ardigò dagegen wurde die »Untröstliche Witwe« genannt. Dem muß gleich hinzugefügt werden, daß der Mann dieser Witwe, Mario Vittorio Ardigò, eine Koryphäe auf dem Gebiet der kardiovaskulären Chirurgie, durchaus noch lebte und das, bedenkt man sein Alter von siebzig Jahren, ziemlich vergnügt. Warum dann aber Signora Gemma eine untröstliche Witwe nennen? Weil sie nicht nur ständig Schwarz trug, sondern auch unablässig melancholisch dreinschaute und eine fast schon mit den Händen greifbare Traurigkeit um sich herum verbreitete. Sie war fünfunddreißig und von großer Klasse, doch mußte man sie schon lange ansehen, bevor einem auffiel, daß sie von außerordentlicher Schönheit war. Allerdings hatte kein Mann, der auf ein Abenteuer aus war, sich ihr während der Kreuzfahrt je zu nähern gewagt, und Signora Gemma ließ sich mit niemandem auf Vertraulichkeiten ein.

Unter den Ortsbewohnern, Verzeihung, ich meine natürlich unter den Passagieren, hatte sich das Gerücht verbreitet, daß Signora Gemma gerade erst eine schwere Depression hinter sich hatte, deren Gründe unbekannt waren. Und es hieß seitens der stets gut informierten Dritten, daß ihr hochberühmter Gatte es gewesen sei, der sie zu dieser Kreuzfahrt überredet habe, und zwar weniger aus therapeutischen Gründen, als vielmehr, um für ein kleines Weilchen der Leichenbitteratmosphäre zu entgehen, die er vorfand, wenn er müde von der Arbeit nach Hause kam.

»Die Dinge liegen keineswegs so«, hatte sich Commendatore De Cristofaris eingeschaltet. »Ich kenne den hochverehrten Professore Ardigò. Er hat zwei blutjunge, pralle Sekretärinnen, die Miniröcke tragen, daß einem Hören und Sehen vergeht. Und mit denen amüsiert er sich. Trotzdem ist er wahnsinnig eifersüchtig auf seine Frau. Wenn er nach Hause kommt, macht er ihr ein großes Theater, er behandelt sie schlimmer als ein Sklavenhalter. Und wenn er die arme Signora Gemma bisher noch nicht an einer Leine hält, fehlt zumindest nicht mehr viel dazu.«

In der Nacht vor dem Einlaufen in den Hafen, an dem die Kreuzfahrt ihren Abschluß finden sollte, erhielt der junge Mann in der Telefonzentrale einen Anruf für Signora Gemma. Das war kurz nach Mitternacht, und darüber war der junge Mann erstaunt: Der einzige, der Signora Gemma anrief, war ihr Gatte, pünktlich, jeden Morgen um neun. Auch diesmal erkannte er die Stimme dieser Leuchte der Wissenschaft, doch er antwortete so, wie es ihm aufgetragen worden war:

»Signora Gemma möchte nicht, daß Anrufe zwischen 10 Uhr abends und 9 Uhr morgens zu ihr durchgestellt werden.«

»Ich bin ihr Ehemann, also stellen Sie sich nicht so an. Die Sache ist äußerst dringend.«

Der junge Mann versuchte, den Anruf in die Kabine 90 durchzustellen, der Kabine von Signora Gemma, aber ihr Telefon war besetzt.

»Ihre Gattin telefoniert gerade.«

»Mit wem?!!« brüllte der Chirurg derart wild, daß der junge Mann in der Telefonzentrale zusammenzuckte.

»Ich ka... ka... kann's ja noch mal ver... versuchen.«

»Dann versuchen Sie's doch! Muß ich Ihnen das erst noch sagen?«

Er versuchte es noch einmal. Doch die Leitung war auch diesmal besetzt.

»Sie spricht immer noch, Signore.«

»Achdasistdoch!« brüllte der Chirurg. »Ich rufe in zehn Minuten wieder an!«

Der junge Mann versuchte es von sich aus noch einmal, er wollte verhindern, daß sein Gehör aufgrund eines Trommelfellrisses draufging. Das Telefon der Kabine 90 blieb hartnäckig besetzt. Der junge Mann rief Premuda an, der Bereitschaftsdienst im Büro hatte, und erzählte ihm die Lage.

»Wozu machst du dir Sorgen?« fragte der Vize von Commissario Collura. »Wahrscheinlich hat Signora Gemma, absichtlich oder unabsichtlich, den Hörer neben das Telefon gelegt.«

Er weckte das für diese Etage zuständige Zimmermädchen, sagte ihr, sie solle zur Kabine 90 gehen, vorsichtig an die Tür klopfen und Signora Ardigò verständigen, den Hörer wieder aufzulegen, weil ihr Mann mit ihr zu sprechen wünsche.

Keine fünf Minuten später rief das Zimmermädchen im Büro von Commissario Collura zurück.

»Ich habe sehr beharrlich an die Tür geklopft. Aber keine Antwort. Was soll ich machen? Soll ich mit dem Generalschlüssel öffnen?«

»Nicht einmal im Traum«, antwortete Premuda. »Sie hat sicher ein Schlafmittel genommen und würde nicht einmal wach, wenn eine Kanonenkugel neben ihr einschlagen würde.«

Dann sagte er zu dem jungen Mann von der Telefonzentrale: »Wenn der Ehemann wieder anruft, rede ich mit ihm.«

Er hatte kaum zu Ende sprechen können, da war Professor Ardigò schon wieder am Telefon.

»Premuda hier, stellvertretender Zahlmeister. Ich wollte Ihnen sagen, daß das Telefon meiner Ansicht nach nicht besetzt ist, ich vermute, daß der Hörer von Ihrer Frau Gattin selber neben das Telefon gelegt worden ist, weil sie schlafen möchte.«

»Also wirklich! Dann schicken Sie jemanden hin, der an die Kabinentür klopft!«

»Schon geschehen, Professore! Ihre Gattin hat nicht geantwortet. Wahrscheinlich hat sie ein Schlafmittel genommen ...«

»Reden Sie doch keinen Unsinn! Ich habe meiner Frau verboten, Schlafmittel zu nehmen! Und sie befolgt meine Anweisungen! Ja, sie stellt sie nicht einmal in Frage! Lassen Sie jetzt diese verdammte Tür aufmachen und sehen Sie nach, was passiert ist!«

»Professore, wir können die Privatsphäre ...«

»Ich scheiße auf die Privatsphäre meiner Frau! Sie ist meine Frau! Was für eine Privatsphäre soll sie wohl vor mir haben? In zehn Minuten rufe ich wieder an.«

Der Umgangston dieses Mannes hatte Premuda verletzt, und er reagierte sofort darauf mit einem genialen Einfall, indem er etwas erfand, das durchaus plausibel war.

»Oh nein. Von diesem Augenblick bis morgen früh um acht Uhr kann mit dem Schiff nicht mehr kommuniziert werden. Alle Leitungen müssen für die Anlegemanöver zur Verfügung stehen. Tut mir leid, buonanotte.«

Das hatte er zwar aus einer Antipathie dem Professor gegenüber getan, hatte damit aber gleichwohl ins Schwarze getroffen.

Um fünf Uhr in der Frühe tauchte Cecè Collura im Büro auf. Er hatte erahnt, daß die Ausschiffung der Passagiere ein komplexer Vorgang sein würde und wollte seinem Vize, soweit es eben möglich war, zur Hand gehen.

Ohne der Sache irgendeine Bedeutung beizumessen, informierte Premuda ihn über die fehlgeschlagenen Anrufe von Professor Ardigò. Er erwartete, daß Collura in gewisser Weise amüsiert reagieren würde, statt dessen wirkte der Commissario auf der Stelle äußerst besorgt.

»Hören Sie, Premuda, können wir wirklich sicher sein, daß wir uns keine Sorgen zu machen brauchen? Sie wissen doch, wie Signora Ardigò ist, oder? Man nennt sie die untröstliche Witwe! Und was, wenn sie wirklich ein Schlafmittel benutzt hat, ganz gegen die Anweisungen ihres Mannes?«

»Na, dann wäre ich für sie sehr froh, denn das würde eine gewisse Unabhängigkeit von ihrem Mann zeigen, der, glauben Sie mir, Commissario ...«

»Nein, Premuda, ich habe mich nicht klar ausgedrückt. Ich wollte sagen: Und was, wenn sie eine Überdosis an Schlafmitteln genommen hat? Sie ist doch genau der Typ von Frau, der sich immer am Abgrund des Selbstmords bewegt!«

Das Lächeln verschwand von Premudas Lippen.

»Madonna santa! Daran habe ich überhaupt nicht gedacht!«

Sie eilten treppauf, treppab, flurauf, flurab und gelangten schließlich zur Türe der Kabine 90, die Cecè Collura mit dem Generalschlüssel und einer gewissen Sorge öffnete. Der Hörer lag neben dem Telefon, die Koffer waren für die Ausschiffung bereit, doch von Signora Gemma keine Spur. Premuda horchte an der Badezimmertür, kein Geräusch. Ein schrecklicher Gedanke durchfuhr ihn. Kreidebleich wandte er sich an Cecè Collura:

»Und was, wenn sie ins Meer gesprungen ist?«

»Wie spät ist es?« fragte Cecè.

»Gleich sechs.«

»Dann haben wir noch zwei Stunden, bevor Professor Ardigò wieder anruft. Machen wir uns an die Arbeit. Sie, Premuda, gehen zu den Männern, die Wache hatten. Lassen Sie sich sagen, ob sie irgend etwas Ungewöhnliches bemerkt hätten.

Premuda eilte davon. Cecè verließ die Kabine und stieß fast gleichzeitig auf das für diesen Flur zuständige Zimmermädchen.

»Hören Sie ...«

»Mein Dienst beginnt um sieben«, sagte das Zimmermädchen schnippisch.

»Ist ja in Ordnung, aber könnte ich trotzdem etwas über die Dame von Kabine 90 erfahren?«

»Und was wollen Sie wissen? Die geht um 9 schlafen und steht um 8 auf.«

Cecè ging in die Kabine zurück, nahm ein Blatt Papier und schrieb ein paar Worte darauf: Signora Ardigò möge doch bitte, sobald sie käme, im Büro des Zahlmeisters anrufen. Er glaubte nicht an Selbstmord: Sie war der Typ von Frau, die, würde sie sich entschließen, sich das Leben zu nehmen, einen Abschiedsbrief von einhundertzwanzig Seiten hinterlassen würde. Und Briefe dieser Art hatte er in der Kabine nicht entdeckt.

Kaum eine halbe Stunde später, als er längst schon wieder in seinem Büro war, kam Premuda zurück: Die Männer von der Wache hatten nichts Ungewöhnliches mitzuteilen.

Um halb acht rief Signora Gemma Ardigò aus ihrer Kabine an. Sie war äußerst verärgert, daß jemand während ihrer Abwesenheit in ihrer Kabine gewesen war. Was gab es denn so Wichtiges, das sie ihr mitzuteilen hatten?

»Ich komme sofort zu Ihnen«, sagte Cecè.

Er eilte treppauf, treppab, flurauf, flurab, es blieb nicht mehr viel Zeit bis zum Anruf der Leuchte der Wissenschaft. Signora Gemma öffnete die Tür, melancholisch zwar, aber auch gereizt.

»Wie konnten Sie sich erlauben ...«

»Es gibt ein Problem, Signora Ardigò. In der vergangenen Nacht hat Ihr Gatte angerufen ...«

»Oh Himmel, mein Gatte!« sagte Signora Gemma wie in den herrlichsten Komödien von Feydeau. Dieser berühmte Satz und die Tatsache, daß das blasse Gesicht von Signora Gemma bei dieser Nachricht von ganz allein noch blasser wurde, enthüllte dem Commissario unerhörte Wahrheit.

»Sie waren in einer anderen Kabine, nicht wahr? Bei einem Freund?«

»Ja«, gestand die untröstliche Witwe und schlug schamhaft ihre Augen nieder. Doch gleich blickte sie wieder auf und fügte hinzu: »Allerdings verhalten sich die Dinge anders als Sie vermutlich glauben.«

»Ich glaube gar nichts«, sagte Cecè. »Ich möchte nur ...«

Doch jetzt drängte es Signora Gemma, alles zu sagen.

»Giulio Ghirò und ich haben uns schon immer geliebt, doch zwischen uns ist nie etwas gewesen, das schwöre ich Ihnen! Er ist Philosoph, er hat sehr schöne Bücher geschrieben wie etwa ›Die Gründe der ›Melancholie‹ und das letzte, ›In der Welt des Nicht-Seins‹. Kennen Sie sie?«

Giulio Ghirò! Wieso hatte er nicht schon früher daran gedacht? Der einsame, finstere Passagier von 102, der, dem der mörderische Neapolitaner den Spitznamen »Die letzten Stunden eines zum Tod Verurteilten« gegeben hatte! Die vollkommene Zwillingsseele von Signora Gemma Ardigò!

»... und so haben wir den Weg gefunden, uns hier an Bord zu treffen, doch nur, um miteinander zu reden, Commissario, glauben Sie mir, nur um zu reden! Und was soll ich jetzt meinem Gatten sagen, der so krankhaft eifersüchtig ist?«

»Kennt Ihr Gatte Signor Ghirò?«

»Nein. Er ist ihm nie begegnet.«

In diesem Augenblick klingelte das Telefon. Collura nahm den Hörer auf und gab Signora Gemma zu verstehen, daß sie stumm bleiben und mithören sollte.

»Professore Ardigò? Mein Name ist Collura, ich bin der Zahlmeister. Leider hat es da ein verflixtes Mißverständnis gegeben. Gestern abend ist eine alte Dame, eine Freundin Ihrer Gattin, gestürzt, als sie die Treppe hinunterging, und hat sich den Oberschenkelhalsknochen gebrochen. Und in großer Selbstlosigkeit hat Ihre Gattin die ganze Nacht bei ihr auf der Krankenstation bleiben wollen. Und von dort antworten wir jetzt auf Ihren Anruf. Es ist meine Schuld, daß ich dem jungen Mann in der Telefonzentrale und meinem Stellvertreter nichts davon gesagt habe ... Ich reiche Sie jetzt an Ihre Gattin weiter.«

Und das Wunder geschah. Signora Gemma Ardigò lächelte ihn an. Dann nahm sie den Telefonhörer und hörte zu.

»Man hat die Wohnung ausgeraubt? Und du willst die Beschreibung des Schmucks für die Anzeige? Ich versuch's jetzt mal ...«

Cecè ging diskret fort. Aus dem Nichts hatte er eine alte Dame mit gebrochenem Oberschenkelhals erschaffen, eine weitere virtuelle Person auf dieser eindeutig virtuellen Kreuzfahrt.

Gespräch über den Commissario Collura mit Andrea Camilleri

Das Gespräch führte Giovanni Capecchi.

Im Sommer 1998 wandte sich die Turiner Tageszeitung »La Stampa« an Camilleri mit dem Vorschlag einer Zusammenarbeit. So entstanden die acht Geschichten, deren Hauptfigur der Zahlmeister eines Luxusliners, Commissario Cecè Collura, ist ...

»La Stampa« hatte mich um eine Reihe von Geschichten gebeten. Ich habe dann ein bißchen darüber nachgedacht und mich erinnert, daß ich mich lange nicht entscheiden konnte, welchen Namen ich Commissario Montalbano geben sollte, als er in Die Form des Wassers *zum ersten Mal auftauchte. Damals gingen mir immer wieder zwei Namen durch den Kopf: einer war Montalbano und der andere war Collura, beides ganz typische Familiennamen auf Sizilien, wenn es überhaupt je welche gab. Dann kam mir der Gedanke, meinen Dank an Vázquez Montalbán deutlich zu machen, und so entschloß ich mich für den Commissario Montalbano. Jetzt, wo ich Geschichten schreiben sollte, dachte ich daran, eine feststehende durchgängige Person zu finden. Es war wie eine Art Wiedergutmachung gegenüber dem Commissario Collura: Was immer auch die Funktion dieser Person sein würde, die ja noch gar nicht entstanden war, sie sollte Collura heißen, weil er, der arme Kerl, doch im Vergleich zu Montalbano, den ich zur Hauptfigur meiner Kriminalromane gemacht hatte, in der*

Anonymität verblieben war. Das zweite, woran ich dachte – und auch, weil ich gerne mit mir selbst Wetten abschließe –, war, daß es möglich war, die Ermittlungen innerhalb eines genau festgelegten Bereichs durchzuführen. Das ist auch ein bißchen die Spielerei, auf die sich Agatha Christie einläßt, wenn sie den Orient Express *oder ein Flugzeug für ihre Geschichten wählt. So habe ich ein Kreuzfahrtschiff gewählt, weil es eine unglaubliche Fülle unterschiedlichster Begegnungen ermöglicht. Und so entstand der Zahlmeister, der Commissario di bordo. Ein solcher Commissario hat eigentlich nichts mit der Polizei zu tun: Der Zahlmeister ist in erster Linie jemand, der sich um das Wohlergehen der Passagiere kümmert, ist aber kein Ermittler. So kam mir die Idee, aus ihm einen vorübergehend vom Dienst freigestellten Polizisten zu machen, der gewissermaßen an einem Berufslaster leidet, auch wenn er einer Tätigkeit nachgeht, die mit polizeilichen Aufgaben im engeren Sinn nichts zu tun hat.*

Für die Mitarbeit bei »La Stampa« wurden zwei Bedingungen gestellt: die eine, Colluras Geschichten zu genau festgelegten Abgabeterminen zu schreiben, und die zweite, eine vorgegebene Länge einzuhalten. Wie sind Sie mit diesen beiden »Auflagen« zurechtgekommen?

Ich hatte ja eine zweijährige journalistische Erfahrung mit der sizilianischen Regionalausgabe der römischen Tageszeitung »La Repubblica« hinter mir, für die ich jede Woche vier bis sechs Seiten abzuliefern hatte, die Kommentare zu den Ereignissen auf Sizilien und in Italien enthielten. Das ist eine Disziplin, der man sich unterwirft, und ich mag Disziplinen, die man sich selbst auferlegt. »Pensum« ist etwas, das mir sehr zusagt. Abgabetermine einzuhalten, darin bin ich also sehr geübt. Etwas ernster ist schon das Problem der standardisierten Länge der Geschichten: Wenn man die festgelegte Länge um zehn Zeilen überschreitet, heißt es: »Schauen Sie, Dottore, wir müssen kürzen«, und das ist ein Problem, denn ich glaube, daß eine Kriminalgeschichte, die man kürzen kann, mißlungen ist. Allerdings hatte ich eine überaus lange Erfahrung mit der Enciclopedia dello Spettacolo *(Theaterenzyklopädie), wo man auf vierzig Zeilen einen Schriftsteller oder einen Regisseur abhandeln mußte. Auch darin war ich also geübt. Bei der ersten Geschichte hatte ich mich zwar ein bißchen verkalkuliert, aber von der zweiten an gab es keine Probleme mehr.*

Mit 12 haben Sie davon geträumt, Marineoffizier zu werden. Bei verschiedenen Gelegenheiten haben Sie erzählt, wie Sie, als dieser Traum sich dann aufgelöst hatte, den Ausgleich in Romanen und Geschichten suchten, die mit dem Meer zu tun haben. Hat Ihre Vertrautheit mit diesem Genre einen Einfluß auf die Entwicklung der Geschichten um Cecè Collura gehabt?

Nun ja, klar, natürlich sind mir die Geschichten vom Meer, die ich gelesen habe, wieder in Erinnerung gekommen. Aber die großen Meer-Romane erzählen nicht von Passagieren. Conrad, Melville und auch Stefano D'Arrigos großer Roman Horcynus Orca *beschreiben keine Passagierschiffe, auf denen es Speiseräume und ähnliches gibt. Ein Roman aber, der in meiner Jugend einen unglaublichen Eindruck bei mir hinter-*

lassen hat, war so etwas wie ein Führer für mich. Das war der Roman eines Franzosen, an dessen Namen ich mich nicht mehr erinnern kann, aber der Titel dieses Romans war L'étoile du nord *(Stern des Nordens). In Italien wurde er vor dem Zweiten Weltkrieg von Rizzoli veröffentlicht. In einer Reihe kleiner Bücher mit grün-gelbem Einband, die Cesare Zavattini herausgab. Ein unglaublicher Roman, der auf einem Kreuzfahrtschiff spielt: Von Anfang an versteht man, daß es da etwas gibt, das auf diesem gerade ausgelaufenen Giganten des Meers nicht stimmt, doch die gesamte Besatzung tut so, als würde alles bestens laufen. Statt dessen wird es allmählich immer schlimmer. Und da gibt es dieses brüderliche Gefühl unter der Besatzung, ihre Beziehung zu den Passagieren dieser Kreuzfahrt. Ein schöner Roman, den ich gerne in einer Neuauflage sehen würde, auch wenn ich mich an nichts anderes mehr erinnern kann als an diese Atmosphäre, die mir bei den Collura-Geschichten geholfen hat …*

Sie sind bei den Lesern als der Erfinder des Commissario Montalbano bekannt. Ist es da nicht ein wenig riskant, Montalbano eine weitere Commissario-Figur zur Seite zu stellen?

Aber hier handelt es sich um einen Commissario di bordo, einen Zahlmeister. Ich glaube, das verstehen die Leser auf Anhieb. Das ist etwas ganz anderes. Und außerdem ist er ja ein Freund von Montalbano. Ich will damit sagen, daß die Ermittlungen, die er durchführt, Montalbano nicht interessieren würden. Es gibt eine klare Trennung zwischen den beiden Figuren.

Montalbano würde niemals an Bord eines Kreuzfahrtschiffs gehen, um sich ein bißchen Erholung zu gönnen …

… Montalbano hat einige mit mir verwandte Züge: Ich glaube, er würde sich zu Tode langweilen auf einem Kreuzfahrtschiff. Ein Fischerboot, das ist etwas anderes, aber auf einem Kreuzfahrtschiff, nein, das nun wirklich nicht.

Der begrenzte Raum der Geschichte ermöglicht es Cecè Collura nicht, dem Leser ein genau gezeichnetes Bild von sich zu vermitteln, wozu Montalbano dagegen in der Lage ist. Können Sie dieser Beobachtung zustimmen?

Ja, völlig. Die offenkundigen Ablenkungen, die es in den Romanen oder in den langen Geschichten Montalbanos gibt, aber auch in Geschichten von zwanzig Seiten, machen es mir möglich, die Figur sehr genau darzustellen. Hier aber, bei Collura, geht es nicht um die Darstellung der Figur, hier zählen die Fakten, die Episode.

In der ersten Erzählung wird über Cecè gesagt, daß er »kein Mann des Wassers war, sondern ein Mann des festen Bodens«. Ist Camilleri, ein Sizilianer wie Collura oder Montalbano, ein Mann des Wassers oder des festen Bodens?

Ich bin ein Mann des Wassers und des festen Bodens. Ich bin beides. Ich bin so sehr ein Mann des Wassers, daß ich mitunter eine derartige Sehnsucht nach dem Meer verspüre, daß ich es unbedingt irgendwie einrichten muß, und sei es nur, zum nächsten Strand zu gehen, einem Strand voller Blechdosen, Abfälle oder was sonst, aber der Geruch des Meeres ist für mich so unverzichtbar wie für Montalbano.

Die erste Geschichte hat etwas, das sie von den anderen unterscheidet, und zwar ihre Verbindung zur politischen Realität Italiens. Die Figur ist ein Milliardär, der in seiner Jugend Sänger auf Kreuzfahrtschiffen war und später Ministerpräsident geworden ist; im Alter von sechzig Jahren kehrt er inkognito noch einmal zurück, um als Sänger auf dem Schiff zu arbeiten, auf dem sich auch Collura befindet. Der Bezug auf Silvio Berlusconi (der selbst früher einmal Entertainer auf einem Luxusliner war) ist unverkennbar.

Die Unterschiedlichkeit der ersten Geschichte im Vergleich zu den anderen ist auf eine gewisse Unsicherheit meinerseits zurückzuführen. Und zwar deshalb: Als ich um diese Mitarbeit von »La Stampa« gebeten wurde, war die ursprüngliche Idee, an dieser Kreuzfahrt eine gewisse Anzahl von Männern aus der Politik teilnehmen zu lassen, mich mit ihnen zu amüsieren. Aber dann habe ich entdeckt, daß man sich mit Männern aus der Politik nur in sehr begrenztem Maß amüsieren kann, weil sie für diese Art von Schabernack wenig inspirierend sind. So kam es, daß nach dieser ersten Geschichte mit Cecè Collura alle weiteren Geschichten polizeiliche Ermittlungen zum Gegenstand haben, und sei es auch nur in zurückhaltender Form. Das war ein radikaler Kurswechsel, wenn wir nun schon einmal bei nautischem Vokabular sind.

Hat Berlusconi, gegen den Sie ja oft polemisieren und den Sie eben auch zur Hauptfigur einer der Geschichten gemacht haben, je zum Telefon gegriffen, um sich mit Ihnen zu unterhalten, um herauszufinden, warum der meist gelesene Autor Italiens sich ihm gegenüber so abweisend, so feindselig verhält?

Aber woher! Er hat nie zum Telefon gegriffen. Ich glaube, das fällt ihm nicht einmal im Traum ein. Ein Herr, der zu Bush sagt »Lieber George«, der von den Putin-Töchtern »Onkel« genannt wird, warum soll der zum Telefon greifen und einen Schriftsteller anrufen, selbst wenn der Erfolg hat – als solcher gehört er für Berlusconi doch auf jeden Fall zu einer niederen Rasse Mensch.

Rocco Mortelliti hat ein Libretto über eine der Collura-Geschichten geschrieben, *Das Gespenst in der Kabine*, und dieses Libretto, das Marco Betta vertont hat, wird in zahlreichen Theatern in Italien aufgeführt. Gibt es noch andere Collura-Geschichten, die nach ihrer Veröffentlichung in »La Stampa« ein Weiterleben erlangt oder sonst irgendwelche Entwicklungen genommen haben?

Diese Geschichten haben viele auf unterschiedliche Weise interessiert. Zum Beispiel war eine Verfilmung ins Auge gefaßt worden. Da gab es eine sehr schöne und ernst zu nehmende Drehbuchfassung von Suso Cecchi d'Amico, die daraus ein beachtliches Werk entwickelte, das die einzeln dastehenden Geschichten in einem gemeinsamen Rahmen zusammenfügt. Aber, wie es in 90% der Fälle vorkommt, ist diese Filmfassung nicht realisiert worden. Und das hat mir leid getan, denn die Idee von Suso Cecchi d'Amico ist sehr schön. Dann kam der Vorschlag, aus dem Gespenst in der Kabine *eine Oper zu machen. Rocco Mortelliti hat daraus ein Libretto entwickelt und wird auch die Regie für das »Festival delle novità« im Teatro Donizetti in Bergamo führen, mit dem ich eng verbunden bin, weil ich 1958 meine erste und letzte Opernregie in diesem Theater gemacht habe. Die Oper hieß* San Giovanni decollato *[Der enthauptete Johannes], mit der Musik von Alfredo Sangiorgi, in drei Akten, der Dirigent war Franco Mannino. Der Erfolg war zwar enorm, und ich erhielt viele Angebote für weitere Opernregien. Doch die so begrenzte und so eingeschränkte Probenzeit versetzte mich in Panik, und deshalb sagte ich »Nein, nein, nein«. Wahrscheinlich habe ich mir damit eine phantastische Karriere als Opernregisseur zunichte gemacht.*

Diese 1998 in einer Tageszeitung erschienenen Geschichten werden jetzt zu einem Buch. Könnte man sagen: damit entstehen sie für die große Leserschaft zum ersten Mal?

Ja, und ich bin sehr gespannt, wie die Leser das Buch aufnehmen. Eigentlich sind diese Geschichten ja von Woche zu Woche geschrieben worden, sie unterlagen einem genau einzuhaltenden Abgabetermin, und weil sie unter dieser zeitlichen Auflage geschrieben werden mußten, hätten sich auch falsche Ausgangssituationen ergeben können, denn ich sah, daß sie mich zum größten Teil weiter ausholen lassen wollten, als es mir zugestanden worden war. Und daher sind sie sozusagen leicht komprimiert. Aber ich bin natürlich gespannt zu sehen, wie sie wirken, wenn man sie nacheinander liest, und ob sie eine eigene, unverwechselbare Substanz haben, und sei sie auch leichter Natur.

Jede Erzählung endet mit einem ähnlichen Satz, den man so auf einen Nenner bringen könnte: »Ist das nun eine wirkliche Kreuzfahrt oder eine virtuelle?« Diese Frage (auf die in der letzten Geschichte eine Antwort gegeben wird: »eindeutig virtuell«) schafft eine innere Verbindung unter den acht Geschichten, sie stellt so etwas wie einen Refrain dar, der die verschiedenen Geschichten miteinander verknüpft …

Ich erinnere mich zum Beispiel, daß ich gleich nach der ersten Geschichte die Geschichte Was geschah mit der kleinen Irene *schrieb, die von einer Mutter erzählt, die glaubt, ein Kind zu haben. Bevor ich sie zur Veröffentlichung gab, dachte ich noch einmal darüber nach, weil ich ein paar Bedenken hatte. Ich fragte mich: »Eigentlich sollen das doch unbeschwerte Geschichten sein, Geschichten für den Sommer, Geschichten, die man unter dem Sonnenschirm liest, und ich erzähle dem Leser eine traurige Geschichte dieser Art?« Und tatsächlich erschien diese Geschichte in »La Stampa« dann als vorletzte. Doch die Tatsache, daß es dieses Kind gar nicht gab, daß ihre Abwesenheit als Anwesenheit empfunden wurde, führte mich unmittelbar zu dem* Gespenst in der Kabine, *der zweiten Episode, die in der Turiner Tageszeitung veröffentlicht wurde. Und so kam ich dazu, die Frage zu stellen: »Aber war diese Kreuzfahrt nun wirklich oder virtuell?«*

Glauben Sie, daß Cecè Collura Sie wiederbesucht? Daß er Sie bittet, als Figur noch einmal auf geschriebenen Seiten leben zu dürfen?

Das schließe ich keineswegs aus. Denn mit Cecè Collura ist mir das gleiche passiert wie mit Montalbano im ersten Roman. Im ersten Roman habe ich Montalbano als Funktion betrachtet, nicht als lebendige Figur: Commissario Montalbano war das Instrument, mit dem Ermittlungen durchgeführt werden konnten. Hier ist es noch offenkundiger, daß Cecè Collura eine Funktion ist. Ich mag es nicht, Personen zu beschreiben, die in einer Funktion verharren. Ich will keineswegs ausschließen, daß Cecè Collura zu einer Persönlichkeit wird. Ich glaube aber nicht, daß er ganz eigenständig werden kann. Mir würde es unglaublich gefallen, eine Geschichte zu erfinden, in der Cecè Collura und Montalbano gemeinsam auftreten.

Rom, am 19. September 2002

Andrea Camilleri im Verlag Klaus Wagenbach

Der unschickliche Antrag
Roman
Ein höchst komischer Roman aus Sizilien über die Wirren, Intrigen, Verhaftungen, Morde und Liebesdramen, die ein einfacher Antrag auf ein Telephon auslöst.
Aus dem Italienischen von Moshe Kahn
Quart*buch*. Gebunden. 280 Seiten

Der vertauschte Sohn
Roman
Auf verblüffende Weise verknüpft dieser ungewöhnliche biographische Roman zwei Leben ineinander – sein eigenes und das Pirandellos.
»Ein Schriftsteller, der seine Leser verzaubert.«
Giuseppe Conte, Il Giornale
Aus dem Italienischen von Moshe Kahn
Quart*buch*. Leinen. 304 Seiten

Die Mühlen des Herrn
Roman
In dem berühmt-berüchtigten Sizilien wird, um die Staatskasse zu betrügen, sogar über Nacht eine ganze Mühle abgebaut.
Ein eifriger Inspekteur, eine schöne Witwe, ein sündiger Pfarrer und natürlich ein gerissener Mafioso: jeder will etwas anderes, keiner entkommt den Mühlen des Herrn.
Aus dem Italienischen von Moshe Kahn
Quart*buch*. Gebunden. 224 Seiten

König Zosimo

Roman

Ein vergnüglicher Roman über den Bauern Zosimo, der im Jahr 1718 in Agrigent nach dem Willen des sizilianischen Volkes zum König gekrönt wird. Komisch, phantasievoll, verschroben, deftig, spannend – wie nur Camilleri erzählen kann.

Aus dem Italienischen von Moshe Kahn

Quart*buch. Großformat.* Gebunden. 352 Seiten

Fliegenspiel

Sizilianische Geschichten

Andrea Camilleri nimmt uns mit auf eine Entdeckungsreise in seine Heimat Sizilien. Hier, wo Mühlen über Nacht abgebaut werden und Telephonanträge zu Explosionen führen, geschehen auch andere seltsame Dinge. Sie werden in diesem vergnüglichen Taschenmuseum als funkelnde Fundstücke vorgeführt.

Aus dem Italienischen von Moshe Kahn

SVLTO. Rotes Leinen. 96 Seiten

Auch als CD erhältlich

Gelesen von Udo Samel. Laufzeit ca. 60 Minuten

Mit einem SVLTO nach Italien

Nach Italien!

Anleitung für eine glückliche Reise

»Eine intelligent zusammengestellte Anthologie, die auf zwanglose Weise das Belehrende eines Reiseführers mit dem Unterhaltenden der Glosse und der literarischen Skizze verbindet – so erscheint Italien in einer erstaunlichen Anzahl von Facetten.«

Neue Zürcher Zeitung

Herausgegeben von Klaus Wagenbach

SVLTO. Rotes Leinen. 144 Seiten mit vielen Abbildungen

Florenz

Eine literarische Einladung

Zweieinhalb Millionen Touristen jedes Jahr in Florenz – was wissen sie von der Stadt? Hier kommt das Reiselesebuch: Schriftsteller beschreiben Florenz als Ort der Kunst, der Geometrie, der Sprache und der Narretei.

Herausgegeben von Marianne Schneider

SVLTO. Rotes Leinen. 128 Seiten mit Abbildungen.

Don Giovanni und der Teufel

Sizilianische Märchen

Mediterrane Fabulierkunst ohne Grenzen – Märchen aus Sizilien: leidenschaftlich und herzlich, seltsam und skurril, bisweilen auch derb: über Intrigen, Neid und Haß, über Treue, Mitmenschlichkeit, Freundschaften und die Liebe.

Nach dem Volksmund, gesammelt von Laura Gonzenbach

Mit einem Vorwort von Vincenzo Consolo

SVLTO. Rotes Leinen. 144 Seiten